海岱诗丛（第二辑）

东昌府新韵撷英

山　东　诗　词　学　会
中共东昌府区委宣传部　编
东昌府区文学艺术界联合会
东昌府区政协办公室

中国书籍出版社
China Book Press

图书在版编目（CIP）数据

东昌府新韵撷英 / 山东诗词学会等编 . -- 北京：中国书籍出版社，2022.9
（海岱诗丛 . 第二辑；9）
ISBN 978-7-5068-9178-3

Ⅰ．①东… Ⅱ．①山… Ⅲ．①诗集－中国－当代 Ⅳ．① I227

中国版本图书馆 CIP 数据核字（2022）第 163556 号

东昌府新韵撷英

山东诗词学会　中共东昌府区委宣传部
东昌府区文学艺术界联合会　东昌府区政协办公室　编

策　　划	毕　磊
责任编辑	毕　磊
责任印制	孙马飞　马　芝
封面设计	庄俨俨
出版发行	中国书籍出版社
社　　址	北京市丰台区三路居路 97 号（邮编：100073）
电　　话	（010）52257143（总编室）　（010）52257153（发行部）
电子信箱	eo@chinabp.com.cn
经　　销	全国新华书店
印　　刷	山东麦德森文化传媒有限公司
开　　本	787×1092 毫米　1/16
字　　数	4600 千字
印　　张	226
版　　次	2022 年 9 月第 1 版　2022 年 9 月第 1 次印刷
书　　号	ISBN 978-7-5068-9178-3
定　　价	480.00 元（全 12 册）

版权所有，翻印必究

海岱诗丛（第二辑）
《东昌府新韵撷英》编纂委员会

主　　编：赵润田
执行主编：郇德志　陈　华
编　　辑：李兴来　高怀柱　薄慕周　张　斌

海岱诗丛·总序

　　经过一番忙碌，海岱诗丛终于面世了。山东诗词学会诸位同仁推我作序，欣欣然而从命。

　　海岱者，山东之谓也。这套丛书收录的是当下山东诗人及诗词爱好者刚刚创作的诗、词、曲、赋，花开千树，清露未晞，芳香浓郁。丛书出全，约费五年之功，达百册之巨，规模可类《全唐诗》，是新时代山东诗词创作的盛大检阅，亦是齐鲁诗坛俊逸之才的精彩展示。

　　山东地处黄河下游，历史悠久，文化厚重。在这片英雄的土地上，我们的先人创造了源远流长、光辉灿烂的文化。就诗词而言，从孔夫子删编《诗经》算起，两千多年来，历代诗人词家灿若群星，名篇佳作难以胜数，尤其出了刘桢、王粲、李清照、辛弃疾、张养浩、王禹偁、晁补之、李攀龙、谢榛、王士祯等宗师大家，皎如日月，彪炳诗坛。时至今日，齐鲁大地诗风甚盛。嘉节吉时，常见诗人雅会，乡镇社区，时闻吟诵之声，年无分长幼，皆以习诗为雅、能诗为荣。尤其近年党中央倡导弘扬中华优秀传统文化，诗词事业更得浩荡东风，千帆竞发，百舸争流，蓬蓬勃勃，一派兴盛气象。

　　山东诗词学会，成立于一九八四年，是在省民政厅注册登记的民间社团组织，隶属于省政协办公厅，以推动诗词繁荣为宗旨。面对先贤昔日辉煌，面对时代强力呼唤，面对文朋诗友殷切期待，二〇一九年四月，全省第四次会员代表大会提出，以习近平新时代中国特色社会主义思想为指导，团结奋斗，扎实工作，推动山东诗词事业持续健康发展，力争早日使山东诗词整体水平，与山东人口大省、文化大省、诗词大省的地位相匹配，与山东在全国经济社会格局中的地位相匹配，为实现省委、省政府提出的"走在前列，全面开创"的总体要求、为建设现代化强省贡献力量。围绕落实既定目标，于是就有了"六个一"活动，包括有了这套海岱诗丛。

所谓"六个一"活动，是省学会与县市区优势互补、互利共赢、联手推动诗词发展的一种合作模式。具体做法是，由县市区负担所需经费、组织人员、提供场地，而省学会在一年内为其提供六项服务。包括在该县市区举办一次高端诗词培训，邀请一批省内外著名诗词专家讲座，与文朋诗友面对面切磋指导；组织著名诗人进行一次采风活动，创作诗词曲赋，赞美该区域悠久历史、著名景点、淳厚风情；组织一次诗词有奖征文比赛，巩固培训成果，让风人骚客同场竞技、展示才华；策划一次集中宣传报道，在省以上报刊网站，全面推介该县区发展成就、经济优势、文旅特色、典型经验；正式出版一册诗集，汇纳该区域优秀诗作，展示诸位诗友胸襟才情，反映独特社会风貌；收集一套涵盖该县区历代诗人诗作资料，从先秦至民国，应收尽收，由省学会汇总编入《山东诗藏》，以资后世学习研究之用。

作为丛书，作者众，诗作多，规模大，则长短兼具，瑕瑜互见。优势在于，覆盖面大，代表性强，品类齐全，美不胜收。其中既有抗洪抗疫之时代强音，犹如黄钟大吕，振聋发聩，也有城乡工农之平凡生活，寓目辄书，情趣横生；既有春花秋月夏云冬雪传统美境，也有高铁航天手机网络现代意象。春兰秋菊，各擅胜场，慢慢品酌，各有妙处。正如一滴水可以折射太阳的光辉，当连续吟诵、沉湎欣赏，慨叹时代生活的丰富繁华，感受诗人词家的情感激荡之外，可以体悟各种抒发背后的骄傲与自信、悠闲与满足、宽容与厚重、开放与张扬，这些都是经历过大起大落、处在奋发向上环境中所特有的。它充满生机活力，属于我们这个特定时代。

丛书之长，恰恰亦为其短。诗坛耆老味道醇美之作，只是一类，书中还确有些初窥门径，几近处女之作，犹之孩童蹒跚学步，其作品稚嫩一目了然，此类作品在书中占有一定比重。省学会已注意到这个问题。非不为也，实不能也。要提高其质量，并非一日之功，而省学会精锐饱学之士也为数非多，难以具体指导，况且时间也不允许。面对这种境况，只要政治立场、情感基调无大偏差，格律说得过去，我们就放行录入。这就使得该书诗作参差不齐，确有个别作品可能难入法眼，只能请方家以允许百花齐放之博大胸襟，予以包容。然而依我浅见，对初学之人、年轻后辈，也未可小觑。一番勤学善思，"干之以风力，润之以丹彩"，有佼佼者成长为辛、李大家，也未可知。毕竟世间无奇不有，万事皆有可能！

相对既定目标，当前所为，不过刚刚开端，展望今后，任重而道远。但既然走出第一步，有了决心、行动、典型和经验，达成既定目标便没有任何游移和悬念。可以设想，五年又或六年，当所有计划项目都事功圆满之后，山东大地，会有更多的人喜欢诗词、吟诵诗词，创作诗词，诗词大军更加宏大而严整；海岱诗坛，会有更多精品力作，如泉喷涌，万紫千红，新干老枝愈益果实累累。那时，回望今日，我们会为自己做了正确而大有价值之事，而感到骄傲和自豪。

是为序。

赵润田
二〇二二年八月

《东昌府新韵撷英》序

东昌府为古代名郡，春秋时称聊摄，秦汉为东郡，隋唐北宋时称博州，明清则为东昌府，此为其两千余年沿革之大端。明清时期的聊城是东昌府府治所在地，今日之东昌府则为山东省聊城市驻地。

清初史学名著《读史方舆纪要》称东昌府"居天下之胸腹""当畿辅之咽喉"，此地土地平坦、土壤肥沃，虽无名山大川，但"转输所经，常为南北孔道"，是历代"战守必资之处"。历史上著名事件如鲁仲连射书救聊城、窦建德攻灭宇文化及、魏博节度使藩镇跋扈、朱棣盛庸东昌之战等，皆发生于此。自元世祖忽必烈开通会通河之后，京杭大运河贯穿境内，《大明一统志》称其"漕河所经，实要冲之地"。

丰厚的历史积淀，稳固的农业基础，便利的水陆交通，发达的运河经济，成就了东昌府的辉煌，也造就了这方水土文韵的绵延。诗仙李白曾来此地写下《观博平王志安少府山水粉图》，与李白同岁的诗佛王维在此地为官（王维于722—727年任济州司仓参军，当时济州治所在碻磝城，位于今东昌府区韩集镇南）时留下十余首诗传世，元好问被囚禁于此数载，为朋友写下"别后相思重回首，杏花尊酒记聊城"赠别之作。其后，如张养浩、刘伯温、乾隆帝、查慎行等皆有关于东昌府的诗作传世。据2021年12月出版的《历代诗词咏聊城·东昌府卷》中收录的作品计算，历代描写东昌府的诗词数量竟达567首之多，本地诗词文化之积淀由此可见一斑。

习近平总书记指出，中华优秀传统文化中蕴含着博大精深、丰富深刻的哲学思想、人文精神、道德观念等，可以为我们在新时代认识和改造世界、走向国家治理现代化和建设社会主义精神文明贡献智慧。诗词文化是中华民族优秀传统文化的重要组成部分，东昌府区诗词爱好者紧跟时代步伐，坚持人民至上，大力弘扬和传承诗词文化，以饱含深情之笔墨为国家、为人民、为新时代、为改革开放事业、为东昌府区发展鼓与呼。

《东昌府新韵撷英》作为全区诗词创作的又一精品力作，围绕庆祝中国共产党成立100周年，聚焦东昌府区在经济、社会、文化等方面发生的巨大变化，以诗词讴歌党、讴歌祖国、讴歌人民、讴歌英雄，抒写家国情怀。纵观全书，古体诗赋、现代诗共297首，忆史、写景、抒情、叙事、咏志、题物，内容包罗万象，无所不至。应该说，《东昌府新韵撷英》的编辑出版，是东昌府区文学艺术界的一件喜事盛事，对于进一步繁荣发展全区文化事业、引领时代风气、彰显城市形象具有重要意义和积极作用。

文章合为时而著，歌诗合为事而作。今年是党的二十大召开之年，也是"十四五"规划实施的关键之年，伟大的时代，火热的现实生活给广大文艺工作者、诗歌创作者提供了广阔的舞台。希望大家饱蘸浓墨，为时代放歌、为人民抒怀，以更加充沛的底气，集结诗歌的伟大，为我省"走在前，开新局"培根铸魂，为奋力建设"六个新聊城"凝神聚气，谱写东昌府新时代现代化强区建设的新篇章。

中共东昌府区委常委、宣传部部长　赵卫国

目 录

◎ 海岱诗丛·总序

◎《东昌府新韵撷英》序

第一辑　东昌府研学采风作品

曹辛华 ·· 01
　　聊城行吟（四首）······························ 01

杨守森 ·· 02
　　东昌湖夜色 ······································ 02

耿建华 ·· 02
　　澄泥砚 ·· 02
　　聊城山陕会馆（新韵）······················ 02
　　和王来滨《企雪》···························· 02
　　游东昌湖 ·· 03
　　堂邑葫芦 ·· 03

郝铁柱 ·· 03
　　聊　城 ·· 03
　　东昌宾馆有感 ·································· 03

东昌宾馆夜景	03
东昌府区侯营采风	04
东昌府区凤凰集解长城民居观感	04
聊城江北水城居	04
江北水城吟	04
聊城古风	05

阎兆万 05
满庭芳·情系东昌湖 05

张延龙 05
念奴娇·光岳楼 05

王志静 06
东昌行吟 06

朱印海 06
和若水先生 06
咏会馆 06
参观孔繁森纪念馆（二首） 06

李光信 07
初秋湖景 07
东昌葫芦 07
冬日登光岳楼 07
东昌春秋阁 07

谢玉萍 08
葫芦小镇 08
剪　纸 08
南乡子·参观东昌府区博物馆 08
临江仙·听国学大师授课 08

水调歌头·参观侯营红色教育基地 …………… 08

兰 辛 ………………………………………………… 09
  赞凤凰集将军村 ………………………………… 09
  赞将军村巾帼英雄解玲 ………………………… 09
  登光岳楼怀古 …………………………………… 09

高凤梅 ………………………………………………… 09
  参观东昌府山陕会馆有作 ……………………… 09
  咏东昌 …………………………………………… 10

张玉霞 ………………………………………………… 10
  侯营镇红色采风感怀 …………………………… 10
  咏堂邑镇葫芦雕刻 ……………………………… 10
  卜算子·凤凰村红色采风感怀 ………………… 10
  南乡子·咏聊城 ………………………………… 11
  江城子·览东昌博物馆感怀 …………………… 11
  水调歌头·孔繁森纪念馆感怀 ………………… 11
  声声慢·咏江北水城 …………………………… 11

第二辑 "红心向党礼赞百年"东昌府区诗词创作征稿和获奖作品

朱印海 ………………………………………………… 12
  今昔九州洼（一等奖）………………………… 12
  东昌庚子元宵有感 ……………………………… 12
  东昌府老年人广场舞感怀 ……………………… 13
  游望湖塔 ………………………………………… 13
  贺新郎·党颂曲 ………………………………… 13

马保安 ·· 14
 六月二十六日区委书记马军权来家为我颁发
 "光荣在党 50 年纪念章"有感（三等奖）·················· 14

刘洪民 ·· 14
 光岳楼赋（二等奖）··· 14
 铁血忠英赋 ··· 16

赵学勤 ·· 18
 百年颂 ··· 18

王丙旺 ·· 18
 东昌夜临（三等奖）··· 18

吕　斌 ·· 18
 春雷（新韵）（三等奖）·· 18
 党　颂 ··· 19
 党旗（新韵）··· 19
 党魂（新韵）··· 19
 春醉（新韵）··· 19
 春风（新韵）··· 19
 春　歌 ··· 19

路孟臣 ·· 20
 念奴娇·漕河鼓枻（一等奖）··· 20
 十一届三中全会 ·· 20
 建党百年庆典 ··· 20
 海源书香 ··· 21
 念奴娇·隋堤古槐 ·· 21
 念奴娇·平湖泛舟 ·· 21
 齐天乐·登光岳楼 ·· 21

水龙吟·东昌湖临眺 …………………………… 22
　　沁园春·贺建党百年 …………………………… 22
程　亮 ………………………………………………… 22
　　舟过聊城（三等奖）…………………………… 22
王连陟 ………………………………………………… 23
　　建党百年看复兴 ……………………………… 23
常子贵 ………………………………………………… 23
　　南　湖 ………………………………………… 23
　　清平乐·旭日东升 ……………………………… 23
张　斌 ………………………………………………… 23
　　题光岳楼（二等奖）…………………………… 23
　　甲午冬日读饮水词有寄 ……………………… 23
　　中共建党百年有怀 …………………………… 24
　　满江红·读近史 ………………………………… 24
张玉霞 ………………………………………………… 24
　　东昌湖春日遣怀（一等奖）…………………… 24
　　鹧鸪天·东昌湖金兰欢聚 ……………………… 24
马树才 ………………………………………………… 25
　　钗头凤·水城飞雪（三等奖）…………………… 25
任保岭 ………………………………………………… 25
　　红舫曙光 ……………………………………… 25
刘　方 ………………………………………………… 25
　　东昌湖畔（三等奖）…………………………… 25
　　清晨湖边行 …………………………………… 25
　　重登光岳楼随感 ……………………………… 26

王炳臣 ··· 26
    凤湖早行 ································· 26

叶兆辉 ··· 26
    建党百年际游东昌府区逢友人感赋 ············ 26

耿金水 ··· 26
    辽沈战役（新韵） ·························· 26
    淮海战役（新韵） ·························· 27
    平津战役 ································· 27
    游东昌府 ································· 27

李永华 ··· 27
    江河汇流润东昌 ··························· 27
    建党百年颂（新韵） ······················· 27

胡　枫 ··· 28
    采桑子·辛丑（新韵） ····················· 28
    诉衷情令·淮海战役烈士颂 ················· 28
    西江月·建党伟业（新韵） ················· 28
    青玉案·开天辟地 ························· 28
    上江虹·百年风华 ························· 28
    沁园春·伟业颂（新韵） ··················· 29

窦邵文 ··· 29
    鹧鸪天·咏长征 ··························· 29
    满江红·百年伟业 ························· 29
    沁园春·大国崛起 ························· 29
    沁园春·百年伟业 ························· 30

刘关波 ··· 31
    永葆初心砥砺行——诗贺中国共产党百年华诞 ···· 31

王　旭 ··· 33
　　沁园春·庆祝中国共产党百年华诞 ······················· 33
赵纯宝 ·· 33
　　职教颂献给建党一百周年 ······································ 33
强克云 ·· 33
　　红船颂 ·· 33
　　建党一百周年感怀 ·· 34
黄千红 ·· 34
　　百年华诞礼赞 ·· 34
　　鹧鸪天·建党百年颂 ·· 34
张守忠 ·· 34
　　建党百年感怀（新韵） ··· 34
李　朋 ··· 35
　　水调歌头·高铁复兴号 ··· 35
　　满江红·丁酉年欣迎"十九大"感赋 ····················· 35
　　洞庭春色·辛丑年话脱贫攻坚 ······························ 35
赵永清 ·· 36
　　建党百年寄语（新韵） ··· 36
金永波 ·· 36
　　红船颂 ·· 36
　　红船咏 ·· 36
　　讴红船 ·· 37
　　咏红船 ·· 37
　　咏党的优秀领导干部孔繁森 ·································· 37
　　咏东昌府 ·· 37
　　东昌圆梦谱新篇 ··· 38

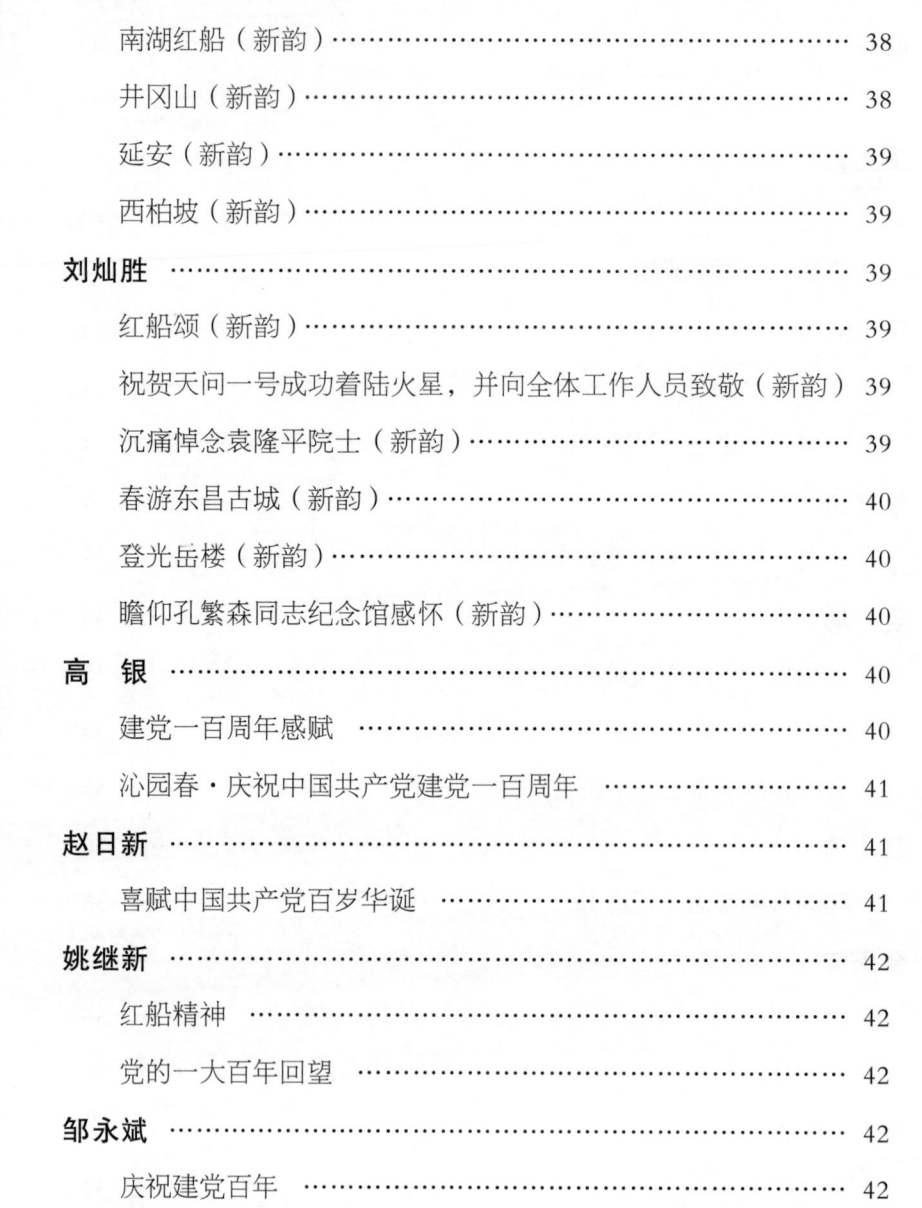

　　　　东昌府新农村一瞥 ……………………………………… 38

于克华 ……………………………………………………………… 38
　　　　南湖红船（新韵） …………………………………… 38
　　　　井冈山（新韵） ……………………………………… 38
　　　　延安（新韵） ………………………………………… 39
　　　　西柏坡（新韵） ……………………………………… 39

刘灿胜 ……………………………………………………………… 39
　　　　红船颂（新韵） ……………………………………… 39
　　　　祝贺天问一号成功着陆火星，并向全体工作人员致敬（新韵） 39
　　　　沉痛悼念袁隆平院士（新韵） ……………………… 39
　　　　春游东昌古城（新韵） ……………………………… 40
　　　　登光岳楼（新韵） …………………………………… 40
　　　　瞻仰孔繁森同志纪念馆感怀（新韵） ……………… 40

高　银 ……………………………………………………………… 40
　　　　建党一百周年感赋 …………………………………… 40
　　　　沁园春·庆祝中国共产党建党一百周年 …………… 41

赵日新 ……………………………………………………………… 41
　　　　喜赋中国共产党百岁华诞 …………………………… 41

姚继新 ……………………………………………………………… 42
　　　　红船精神 ……………………………………………… 42
　　　　党的一大百年回望 …………………………………… 42

邹永斌 ……………………………………………………………… 42
　　　　庆祝建党百年 ………………………………………… 42

李跃贤 ……………………………………………………………… 43
　　　　东昌府区新貌 ………………………………………… 43
　　　　沁园春·中国共产党100周年颂 …………………… 43

沁园春·东昌府区新貌 …………………………… 43

于虹霞 ………………………………………………… 44
咏红船贺建党百年（新韵） …………………… 44

赵晓生 ………………………………………………… 44
沁园春·建党百年抒怀 ………………………… 44

张艳军 ………………………………………………… 44
红　船 …………………………………………… 44
大国重器 ………………………………………… 44
致敬喀喇昆仑戍边英雄 ………………………… 45
悼袁隆平院士 …………………………………… 45
长　征 …………………………………………… 45

穆太石 ………………………………………………… 45
党旗颂 …………………………………………… 45
会师井冈 ………………………………………… 45
红色遵义 ………………………………………… 46
建党百年有感 …………………………………… 46

张德新 ………………………………………………… 46
沁园春·歌颂祖国 ……………………………… 46

张海萍 ………………………………………………… 46
贺建党百年（新韵） …………………………… 46
感怀毛主席 ……………………………………… 47
致驰援湖北医疗队 ……………………………… 47
咏扶贫女干部（新韵） ………………………… 47
鹧鸪天·咏赵一曼 ……………………………… 47

潘景义 ………………………………………………… 48
井冈山（新韵） ………………………………… 48

鹧鸪天·百年党建颂（新韵）……………………… 48

　　弄花雨·仰望红旗（新韵）………………………… 48

　　如此江山·建军节感怀（新韵）…………………… 48

李太东 ……………………………………………………… 49

　　沁园春·祖国颂 ……………………………………… 49

唐秀玲 ……………………………………………………… 49

　　建党百年礼赞 ………………………………………… 49

　　鹧鸪天·大美东昌府区（三等奖）………………… 49

凌　宇 ……………………………………………………… 50

　　建党百年感怀 ………………………………………… 50

　　建党百年抒怀 ………………………………………… 50

刘铁跟 ……………………………………………………… 50

　　醉江月·奋斗百年国强盛 …………………………… 50

　　天仙子·七一勋章获得者王占山 …………………… 51

　　丰乐楼·讴歌共产党百年历程（新韵）…………… 51

王　君 ……………………………………………………… 52

　　大国礼赞（新韵）…………………………………… 52

郑瑞霞 ……………………………………………………… 52

　　庆祝中国共产党成立 100 周年（新韵）…………… 52

朱传贤 ……………………………………………………… 52

　　敬颂杨靖宇 …………………………………………… 52

　　致敬聂耳 ……………………………………………… 52

　　题杨根思 ……………………………………………… 53

　　长征颂 ………………………………………………… 53

　　追思钱学森 …………………………………………… 53

　　中国共产党百年华诞感赋 …………………………… 53

庚子战疫 ································· 54

王旭东 ······································ 54
　　[正宫]塞鸿秋·建党百年 ············· 54

牛银生 ······································ 54
　　题改革先锋孔繁森 ····················· 54
　　满庭芳·江北名城 ····················· 54

周其荣 ······································ 55
　　怀叶紫 ··································· 55

贾伟民 ······································ 55
　　农民运动领袖彭拜 ····················· 55
　　鹧鸪天·赵一曼 ························ 55
　　临江仙·邱少云 ························ 55

尚爱民 ······································ 56
　　瞻仰安庆陈独秀墓 ····················· 56
　　瞻仰常州瞿秋白故居有感 ·············· 56
　　题彭大将军墓 ·························· 56

王继强 ······································ 56
　　毛泽东颂 ································ 56
　　颂朱德 ··································· 57
　　赞彭德怀 ································ 57
　　缅怀刘伯承元帅 ························ 57
　　书法家毛泽东 ·························· 57
　　诗人毛泽东 ······························ 57
　　沁园春·党庆百年献词 ················ 58

李光信 ······································ 58
　　春日（三等奖）························· 58

莲湖春柳次韵张女士国贤《明湖春柳》·················· 58
庆元宵 ································· 58
春日郊游 ······························· 59
早春游莲湖 ····························· 59

谢玉萍

湖边步月 ································ 59
光岳楼怀古仿子安《滕王阁诗》·················· 59
浪淘沙·莲湖晚步（二等奖）···················· 60
南乡子·丁酉元月十四与巴山老师绮园雅聚并寄东郡诗社诸友 60
水调歌头·谒马本斋烈士陵园并咏 ················· 60

赵英杭

九月九日登光岳楼（三等奖）···················· 60
东昌梦吟 ································ 61
东昌湖畔 ································ 61
东昌仲冬 ································ 61
梦 荷 ··································· 61
红船寄怀 ································ 61
咏聊城 ································· 62
咏东昌府 ································ 62
水城曲 ································· 62
东昌初夏 ································ 62

王继宪

东昌湖（三等奖）··························· 63
植物园春早 ······························ 63
徒骇河漫步 ······························ 63
南湖湿地公园赏荷 ·························· 63

河滨即兴	64
登光岳楼，东郡诗社雅集分韵得登字	64
春游百竹园	64
古城行	64

张铁良 65

鹧鸪天·消暑（二等奖）	65
鹧鸪天·成无己纪念馆	65
高阳台·大运河	65
扬州慢·登聊城光岳楼怀古	65
水龙吟·登聊城古城墙	66
永遇乐·登光岳楼	66
沁园春·游东昌湖	66

刘学刚 66

忆江南·乡间好	66
忆江南·乡间忆	67
天净沙·梦乡	67
天净沙·农家晨晓	67

孙清祖 67

红船颂	67

李曰助 67

赞东昌府	67

张自军 68

过东昌府（三等奖）	68
东昌湖行	68

王志伟 68

迁楼后老农（新韵）	68

贾来天 ………………………………………………… 68
　　沁园春·东昌湖游感 ……………………………… 68
刘喜成 ………………………………………………… 69
　　东昌府区好 ………………………………………… 69
　　浣溪沙·孔繁森同志纪念馆 ……………………… 69
　　沁园春·东昌府区大美 …………………………… 69
张立芳 ………………………………………………… 69
　　脱　贫 ……………………………………………… 69
　　东昌府赏玉皇李花畅想 …………………………… 70
　　东昌府区张炉集镇云朵庄园葡萄园感吟 ………… 70
于志亮 ………………………………………………… 70
　　情寄光岳楼 ………………………………………… 70
罗　伟 ………………………………………………… 70
　　聊城毛笔 …………………………………………… 70
聂振山 ………………………………………………… 71
　　咏东昌葫芦 ………………………………………… 71
蔡浩彬 ………………………………………………… 71
　　沁园春·东昌府新貌 ……………………………… 71
马明德 ………………………………………………… 71
　　咏东昌古城 ………………………………………… 71
　　印象聊城 …………………………………………… 71
　　参观孔繁森事迹展览感怀（新韵）………………… 72
　　临江仙·登光岳楼 ………………………………… 72
李兆海 ………………………………………………… 72
　　鹧鸪天·东昌府 …………………………………… 72

纪福华 ……… 72
  燕春台·东昌府区十里铺新村南水北调工程搬迁脱贫 ……… 72
  定风波·东昌府区用"芳香经济"助推乡村振兴感怀 ……… 73
  临江仙·乘高铁 ……… 73

王海清 ……… 73
  游东昌书院 ……… 73
  在东昌 ……… 73

郭小鹏 ……… 74
  山陕会馆（新韵） ……… 74
  参观孔繁森同志纪念馆（新韵） ……… 74

高凤梅 ……… 74
  水城夏夜（三等奖） ……… 74
  水城春日 ……… 74
  假日游故里环城湖有作（新韵） ……… 75
  咏东昌古城 ……… 75
  咏毛泽东 ……… 75
  咏中国共产党 ……… 75
  满江红·庆祝中国共产党成立一百周年 ……… 76
  沁园春·庆祝中国共产党成立一百周年 ……… 76

赵　青 ……… 76
  齐天乐·谭庄水库（三等奖） ……… 76
  登光岳楼 ……… 77
  秋游东昌湖 ……… 77
  初春重访植物园 ……… 77
  家乡礼赞（二首） ……… 77
  蝶恋花·再访植物园 ……… 78

天仙子·重九独游植物园 …………………………… 78
　　蝶恋花·徒骇河之仲夏夜 …………………………… 78
　　江城子·重游四河头 ………………………………… 78

李兴来 …………………………………………………… 79
　　严冬湖畔步赵英杭先生韵（二等奖）………………… 79
　　与谭庆禄先生陪郭纪涛、周粟庵、陈少丽诸诗家登光岳楼有作 … 79
　　东昌湖随笔 …………………………………………… 79
　　题胭脂湖 ……………………………………………… 79

高怀柱 …………………………………………………… 80
　　重游东昌湖 …………………………………………… 80
　　谒孔繁森纪念馆 ……………………………………… 80
　　东昌访友人村 ………………………………………… 80
　　村中诗友 ……………………………………………… 80

秦雪梅 …………………………………………………… 81
　　行香子·东昌湖泛舟 ………………………………… 81

卢玉莲 …………………………………………………… 81
　　游东昌湖 ……………………………………………… 81
　　聊城山陕会馆 ………………………………………… 81
　　三访孔繁森纪念馆 …………………………………… 81
　　访范筑先纪念馆 ……………………………………… 82
　　夜游水上古城 ………………………………………… 82
　　登光岳楼（新韵）……………………………………… 82
　　一剪梅·水城明珠大剧院 …………………………… 82
　　水调歌头·登聊城光岳楼 …………………………… 83

李海霞 …………………………………………………… 83
　　东昌疫后收秋 ………………………………………… 83

逢党建百年过光岳楼 …………………………………… 83
　　鹧鸪天·逢党建百年过东昌农家 ……………………… 83
　　鹧鸪天·逢党建百年过东昌湖湿地风景区 …………… 83

卜宪民 ………………………………………………………… 84
　　大运河 …………………………………………………… 84

于志超 ………………………………………………………… 84
　　庚子秋游东昌府 ………………………………………… 84

崔春杰 ………………………………………………………… 84
　　礼赞东昌府区 …………………………………………… 84

卢旭逢 ………………………………………………………… 85
　　临江仙·赞东昌府 ……………………………………… 85

宋贞汉 ………………………………………………………… 85
　　临江仙·福满东昌府 …………………………………… 85
　　浣溪沙·东昌府农家 …………………………………… 85
　　沁园春·东昌府展貌新妍 ……………………………… 85

吴成伟 ………………………………………………………… 86
　　谒孔繁森纪念馆有感（新韵） ………………………… 86

张秀娟 ………………………………………………………… 86
　　鹧鸪天·美丽东昌府 …………………………………… 86

耿振军 ………………………………………………………… 86
　　红色聊城赋（二等奖） ………………………………… 86
　　《共产党宣言》赋 ……………………………………… 88
　　"五一口号"赋 ………………………………………… 89
　　万隆会议赋并序 ………………………………………… 90
　　孔繁森赋 ………………………………………………… 92
　　郁光赋 …………………………………………………… 94

中国高铁赋 ······ 94

第三辑 "红心向党礼赞百年"东昌府区诗词创作征稿新诗作品

臧利敏 ······ 97
  相信一株植物 ······ 97
  拿着CT片子的那个人 ······ 98
  荒　园 ······ 98

弓　车 ······ 99
  诗三首 ······ 99

张桂林 ······ 102
  爱在尘世（组诗） ······ 102

孙龙翔 ······ 106
  如果爱情（组诗） ······ 106

田学敏 ······ 109
  阳光的衣裳 ······ 109
  竹子，每一结都含一颗虚心 ······ 110
  慈悲的自然 ······ 110
  秋天，那些纷纷倒下的农作物 ······ 111

若　水 ······ 112
  生与死像一天的日出与日落 ······ 112
  时光，请不要拿走我所有的东西 ······ 112
  相　遇 ······ 113
  灵　感 ······ 114

李吉林 ··· 116
　　荷花王朝 ·· 116
　　我与北风一起穿越古城 ·· 118
郭相源 ··· 119
　　岁月（组诗） ·· 119
牟梓萱（女 8 岁） ··· 123
　　妈妈的爱（外一首） ·· 123
　　云朵床 ·· 124

第一辑　东昌府研学采风作品

◆ 曹辛华

聊城行吟（四首）

一

为爱聊成城一座，湖光月色影婆娑。
梦魂又过当时馆，君在何方唱九歌。

二

光岳楼前又响歌，东昌湖水似心波。
波迎那日船帆到，点检才知少个哥。

三

运河怀揣夜明珠，照得寻诗梦特殊。
拍下关公称帝影，做成动漫晒洪福。

四

前世吾曾山陕商，戏台几度亮秦腔。
梁间又绕飙歌调，梦后难寻抹粉妆。

◆ 杨守森

东昌湖夜色

岛屿连天际，河流贯纵横。

楼台披绮彩，街市卧波明。

宿鸟偎新月，柳丝倚长空。

涟漪抚永夜，水上一城梦。

◆ 耿建华

澄泥砚

黄河淘洗净，千古蕴泥香。

苏轼研新墨，阳明撰令章。

敲声如玉磬，映月带澄光。

用此文魂健，携风跨浩洋。

聊城山陕会馆（新韵）

东朝大运河，护佑北来舶。

山陕船行远，苏杭客过多。

戏台锣鼓响，碑刻账单琢。

风雨千年远，还留富贵奢。

和王来滨《企雪》

寒气凝千物，林空铁干真。

万山筋骨瘦，喊出漫天银。

游东昌湖

银环绕古城，快意逗青泓。

绿岛如星散，平湖似镜明。

柳舒勾老月，水静照新楹。

灯灿珠镶岸，轻波弄风筝。

堂邑葫芦

铁拐肩头蕴酒香，亦能渡海越重洋。

而今堂邑村中遍，纳福盛祥现瑞光。

◆ 郝铁柱

聊 城

聊可息兵何必争，战为不战卫和平。

虎狼若敢来侵犯，众志成城举胜旌。

东昌宾馆有感

入住望湖即赏景，耳闻出去要防寒。

车停大道侯人过，碧水阳天和韵弦。

东昌宾馆夜景

一副眼镜夜光屏，两孔银桥湖面横。

游客尽夸风景好，我言老辈在聊城。

东昌府区侯营采风

红色基因怎传承，答疑风采见侯营。
雄风英烈神今在，激励后生足不停。

东昌府区凤凰集解长城民居观感

琳琅满目次鳞排，农院层楼文物宅。
件件承华流岁月，似曾相识乐开怀。

聊城江北水城居

苍苍绿野大河西，紫气升腾景色奇。
光岳巍峨邈云汉，古城雄伟立湖衢。
徜徉温玉东昌水，且享明珠娱乐区。
柳绿桃红舟荡漾，真疑忽到海南居。

江北水城吟

西临龙水东昌湖，东峙泰山光岳楼。城河交织多旖旎，江北水城耀九州。海源阁楼镜中浮，沃土育英垂千秋。古楼彪炳范公志，纪念繁森新馆修。山陕会馆辉依旧，京杭漕运挽咽喉。渴望运河早复航，舟楫云集华都肘。公路铁路加水路，绿脉水脉文脉流。户户香江金溢彩，明珠日日歌不休。

聊城古风

运河名镇东昌府，西周虢国秦聊城。明清江北为都会，现代水城经典景。巧用滚滚黄河水，湖居北国伟岸雄。会通河开穿城过，江南幽雅秀丽拥。地灵人杰文脉盛，水陆畅通百业兴。文人骚客风鹊起，鸿儒将相竞脱颖。师古刚正对权贵，工部主事扬清名。于磐帝师德高冠，治学严谨著述丰。秘籍珍本海源阁，藏书大师杨以增。孟真风华主新潮，潜心研究史学精。抗日名将范筑先，浴血固守垂丹青。辞乡援藏孔繁森，高山仰止耀雪峰。东国夫子重德行，鲁西民风仁义正。雕梁画栋楼凝霞，山陕会馆艺术宫。高楼崇阁名光岳，文明武定兴太平。拾级登高放眼望，极目广袤生雄风。

◆ 阎兆万

满庭芳·情系东昌湖

云吻桑萍，风吟梓柳，心追万亩荷香。拱穿鹊影，鱼贯拽虹光。最是相宜浓淡，羞西子、不逊娥皇。自豪客，家山牵梦，几度意翱翔。　　斋聊奇逸事，胭脂浥泪，误陷情殇。绿荫遇，书虫抖落寒霜。何日雁飞故里，掬湖月、伴走他乡。今归又，呼朋唤雨，衔韵唱辉煌。

◆ 张延龙

念奴娇·光岳楼

光前垂后，楼高岳俊，蜚声南北。登上层楼，骋目处，四面环湖波碧。玉宇琼楼，飞车来去，阅尽繁华迹。运河古道，几多名胜堪忆。　　遥想弘历当年，登临五度，多次留诗啧。若是今朝来故地，应叹所当何夕。商贾纷纭，飞龙鸣驶，直到南洋域。水波楼影，一时琴响诗溢。

◆ 王志静

东昌行吟

临岳齐光第一楼，两涛江北水城洲。

雕葫蟀响冬弦子，聊酒呱嗒醉虎丘。

◆ 朱印海

和若水先生

聊摄平原大地冷，天时以至近严寒。

虽说冰冻使人惧，续韵学诗暖心田。

咏会馆

凝秀馆门皆青翠，殊奇丽巧冠名楼。

清流漕运千帆过，晋陕贾商聚财稠。

参观孔繁森纪念馆（二首）

繁森祭

寒冬又拜繁森馆，铁汉尽柔爱民情。

冰雪高原鹰泣血，哈达飘舞祭英灵。

日记情

赤胆为民何惧死，鲁鹰雪域尽情飞。

欲说心曲银毫止，不忍高堂白发悲。

◆ 李光信

初秋湖景

风景东湖美，游人秋日稠。

微风飞燕子，细浪动轻舟。

鱼白水还碧，果红木更幽。

光阴催我老，一夏又一秋。

东昌葫芦

上凸下圆中细腰，肥头小口硬翘翘。

天生一副不雅相，袖里乾坤谁可料。

冬日登光岳楼

冬日登楼望大方，云烟浩荡掩晴阳。

远来岱岳作屏障，近处东湖似靓妆。

昔者临高咸感喟，斯人又到独飞扬。

欲圆青眼因佳酿，寒木潇潇百草黄。

东昌春秋阁

春秋阁里供神像，丹凤卧蚕面色华。

手擎青龙刀偃月，身着绿锦袍挑纱。

灯前勤力阅黄卷，阵上威风却万家。

江水东流洗不尽，谁堪千载世人夸。

◆ 谢玉萍

葫芦小镇

一入村庄景色殊,长街窄巷尽葫芦。
葫芦兄弟葫芦画,惹得游人击掌呼。

剪　纸

一把剪刀行画工,翻飞上下显神通。
镂心花鸟门窗挂,大野乡村起汉风。

南乡子·参观东昌府区博物馆

一眼阅千年,陈迹陈编咫尺间。陶土瓦当钟石器,无言,应历沧桑世路艰。　斑驳尚留残,岁月尘埋几许寒。古意古风无限事,依然,演绎春秋苦与酸。

临江仙·听国学大师授课

莫道岁阑冬浅薄,高情驱走严寒。国师送暖到家山,绿茸茸匝地,红袅袅生烟。　雨露携风香沁骨,诗芽萌动心田。墨花笔朵韵三千,长歌须趁此,写到白云边。

水调歌头·参观侯营红色教育基地

朔风冬令日,走近小村庄。长街千米,英雄头像列其旁。一段感人故事,一句铭心家训,奋志意飞扬。正气浩然聚,热血满胸膛。　宣传语,小墙报,大文章。雷锋形象,深入心腑遍庄乡。巾帼齐家律己,弱冠开荒创业,致富有良方。红色基因在,何以不兴邦。

◆ 兰 辛

赞凤凰集将军村

自古鲁西多好汉,峥嵘岁月奋争先。
硝烟战敌儿时羡,今日英雄在眼前。

赞将军村巾帼英雄解玲

木兰再世女英雄,不让须眉立战功。
妇救支前多事迹,健康长寿好家风。

登光岳楼怀古

东昌隆盛古神州,光岳重檐不胜收。
隋岸唐槐犹蔽日,苍穹雁阵渐辞楼。
鲁西御敌惊天地,湘北襟江感乐忧。
余木巍巍承岁月,一壶浊酒醉心头。

◆ 高凤梅

参观东昌府山陕会馆有作

地北天南游客频,楼宏阁雅运河滨。
且凭会馆联乡谊,还借优伶作古人。
奉祀关公肝胆赤,崇尊孔子性怀仁。
经商不道唯图利,情义当先赞晋秦。

咏东昌

凤鸟栖台不记年,运河千里贯城穿。

海源阁卷堪苏世,古树槐荫可蔽天。

余木楼头瞻桂月,胭脂湖上棹兰船。

莫疑烟雨江南地,景仰云霄岱岳巅。

◆ 张玉霞

侯营镇红色采风感怀

凝眸红色村,烈迹几重温。

热血胸中荡,英名壁上存。

感时频暗泪,恨日总牵魂。

仰止终难忘,忠于赤子门。

咏堂邑镇葫芦雕刻

烙印如流水,乡音依旧村。

一街葫荟萃,满目客牵魂。

佛手花生艳,匠心楼靥纯。

心中怀日月,袖里荡乾坤。

卜算子·凤凰村红色采风感怀

伫立感风凉,极目空悲悯。烈迹斑斑处处殇,多少凤凰巷。　名姓不成章,热血凭千丈。屈指沉吟几回肠。志气胸中荡。

南乡子·咏聊城

信步运河边，寻古逢今倍惜缘。齐鲁重楼东望岳，输班。何处湖波袅翠烟。　　山陕又名篇，会集商儒博物渊。落户水城工笔颂，神传。不慕蓬莱至此还。

江城子·览东昌博物馆感怀

东昌湖畔水流长，沐朝光，数青黄，历古经今、砖瓦感苍凉。不记年轮空向壁，怜斑迹，感辉煌。　　缺残无语闭轩窗，左经霜，右封藏，满目风尘，何处道沧桑。几度春秋怜不尽，凝望眼，问盛唐。

水调歌头·孔繁森纪念馆感怀

一径澄明月，两袖挽清风。半生劳碌，几时万里望征蓬。客路乡心何处，雪域无边重重。极目对长空。谁知思故里，仰止暖冰封。　　感亲友，怀遗墨，念音容。万般思绪，常向环宇问先翁。正气可成今古，事迹常吟当诵。无意表臣功，有梦承盛世，此去尽匆匆。

声声慢·咏江北水城

中华大地，齐鲁之星，流连古色新城。尽揽东昌西子，碧水欢声。凭栏瑞烟处处，醉古楼、若梦倾城。放眼看，数亭台楼阁，黛瓦砖青。　　如醉古风盛宴，看今日、西湖美景相应。曲岸谢桥何处，柳色青青。紫燕沙鸥乱舞，况今朝、盛世华庭。看今日、醉春风秋月，水墨丹青。

第二辑 "红心向党礼赞百年"东昌府区诗词创作征稿和获奖作品

建党百年

◆ 朱印海

今昔九州洼（一等奖）

白碱黄茅九州凹，长年雨涝水漫流。
蒿芦没膝野狐没，小路泥粘车马愁。
盛世东昌展宏愿，精工巧匠绘蓝筹。
盈园月季簇争彩，老幼欢情花海游。

东昌庚子元宵有感

火树银花天不夜，水城静寂少人行。
元宵本是欢腾日，街路灯霓空自明。
遥望汉阳新疫虐，征鏖医护献真情。
等来花绽冠魔逝，三镇依江满树樱。

东昌府老年人广场舞感怀

银丝皓首逢新世，翩翩舞姿随韵来。
闲静毫飞墨绫绢，风流剑舞弄瑶台。
青春意气冲霄汉，秋暮云霞映紫昊。
非晚桑榆亦精进，情浓丽彩众花开。

游望湖塔

月季湖边迎翠塔，玲珑倒影映芳菲。
酒酣乘兴雕栏望，日落放歌巢父归。
新筑佳园花斗艳，故墟涝地碧波辉。
白云深处舟帆里，吾与亲朋醉绿肥。

贺新郎·党颂曲

回望来时路。舫船行，红旗擎起，镰刀斤斧。霾暗中华朝曦出，荆棘艰难谁诉。经风雨，如磐困处。革命从来无易事，揽九州，胜利英雄铸。洒碧血，花如许。　　凯歌声籁飞云寰。百业兴，蓬勃景象，人民做主。千里江山彤红染。积弊守成多许。腐必反，法规铁著。改革鼎新精英谱，奏管弦，庆盛霓裳舞。赞颂党，唱金缕。

◆ 马保安

六月二十六日区委书记马军权来家为我颁发"光荣在党50年纪念章"有感（三等奖）

光荣在党五十年，金章挂胸热泪弹。

举拳宣誓音犹在，使命担当记心间。

廿载军旅献青春，解甲转业谱新篇。

雨露滋润谢党恩，桑榆不晚再扬帆。

◆ 刘洪民

光岳楼赋（二等奖）

故郡博州，壤接赵燕。东借岱岳之祥光，北纳京都之福瑞。楼阁鳞栉而排闼，运河龙蛇而蜿蜒。物华天宝，吉光劲射斗牛；人杰地灵，安泰顺随灵天。

沃野平旷，赤地千里鸡鸣盈耳；河宴海清，良域万里春风拂面。青杉盎然溢翠，生机直逼苍宇；游廊豁然染彩，气势径达河汉。弱水穿城，埠盛而民丰；暗柳傍桥，烟迷而雾乱。

伊尹耕莘，遗千秋佳话；圣帝登楼，留万代海赞。海源雕阁，诗香亘古；三尺陋巷，古风留传。凤凰台在羽空，脂肪湖平波滟。武松伏虎勇贯豪肠，仲连射书义薄云天。子建才情，王治东阿故里；萧主武功，点将冠州城畔。程氏一呼而云集，尊位凌烟；武君遍访而响应，芳泽绵延。鳌矶兀立，舍寺独瞻。国学泰斗学贯中西尤通梵语，卫国英杰光炳千秋血溅北天。聚义，梁山有泊，近在咫尺而笼天下豪俊者天道；赏卉，菏泽有苑，薄在眉眼而邀四方亲朋者牡丹。真漕运之肘腋，实雄州之臂腕。

聚气以筑高城，联商而修会馆。浦津队列，商贾雾牵。筑城余木，精修为楼。趁台为廊，因势造轩。缦回廊腰，天回地转；斗角钩心，檐牙高啄；弦窗舒张，藻井斑斓。近岱有光而名光岳，临湖堪书不输滕岚。

拾级而上，援阶而攀。游廊嵯峨，斑驳青岩。庭柱坚坚撑天，门扉铿铿护险。栖彩凤于兰室，落祥龙于梗楠。贤君九巡兰阶生香，迎迓盛况旌旗蔽日；文魁一笔瑶阁留韵，目睹嘉景汗雨销烟。

春至，东风妖媚，霞光普照，玉翠环拱，幽草萌返。莺飞燕巢衔泥，歌喧词彩盈船。环顾四野，翠云翩舞，蝶粉盈天。秀爽姿于柳枝，显英气于湖山。鳞排楼阁朦胧天连远，参差湖波浩淼云接川。九曲弯泽吞吐烟霞，一湖碧波氤氲画船。

盛夏汗雨，彤云盘桓。忽霖泽盆倾，平地流川；忽云销雨霁，虹彩萦漫。立雕舫以观四野，面危楼而思华年。湖波层鳞而推舟，游廊睥睨而养眼。俊波随舟兮忽聚，翠漪点湖兮复敛。青霄入水染水若蓼蓝，粉荷摇云揉云为白烟。野凫悠悠，雏羽呢喃于水面；沙鸥洋洋，黄喙嗫喘在莎滩。鱼龙跃金，游鲫锁缆。胭脂湖岸石犬牙，竹影婆娑，松荫迷漫。湖心岛花树彩练，枝蔓迤逦，藤首触天。操兰桨兮桂棹，溯空明兮流年。

秋染层翠，黄花蕊绽。西风吹紧，愁云黯卷；木叶零落，雁阵惊寒。远山苍茫一体天地，近水幽明不分堤岸。憩鸿兮南枝，休雁兮北杆。偃仰啸歌，扰逍遥垂钓之翁；踟蹰吟哦，惊辗转吞饵之鳊。雅闲踏足，声彻澄澈湖山；鸥鹭振翅，影随玲珑珠溅。

冬雪骤至，粉堆玉砌，萧瑟朱颜。湖镜映楼阁轩萧索，鼓角播空声荡云天。寒湖独钓而知傲，冷舟孤啜却惜缘。

四时景殊，异趣无憾。感天地之有情，赐瑶宫之佳苑。感礼泽，后世遗风不输颜参；叹水润，江北灵韵堪赛江南。何谈朝晦夕霭，彩箭竞发，幽岚彷徨，赤霞燎原；遑论暮鼓晨钟，残照溽渲，锦鳞踊跃，吞波逐远。

携壶洲渚而不知怠，担浆翠微而莫畏难。千里之行，足下始之，顷刻可接，虽骥骑莫能比；万里之遥，恒心使之，须臾能达，岂风雷安可撼。淡泊从容，阔海可渡；勤辛镇静，枯舟生帆。亦真亦切，扶君之肩把栏而牛饮；载笑载言，执子之手登楼而云观。遥祈北辰天佑圣地，远祷参商福润翠山。

念天地之悠悠，观星河之澹澹。人生一世，百代瞬间。荏苒光阴，峥嵘流年。揽奇景于胸腹，吟清赋于口端。王勃不逢，天不假年；少陵不期，盛消残元。睢竹绿园，虽七贤何所惧；陋室寒亭，既子云又何惭。效东篱去种菊，仿东坡来耘田。杨意不逢，廉颇饭浅。洞箫音长，瑶琴弦短。锦瑟丝多，琵琶语乱。薄薄青衫，热泪始干。紫气东升，不拒麒麟盈门；诗情胸塞，亦期洛阳纸贱。道元有志，不远天涯；贾谊屈才，却苦坠鞍。

天高野阔，何人识君？地老年苍，念君何人？人如米粟，弃之沧海滴水不小；生若微芥，丢之风沙黄尘可乱。生如夏花，灿而不改其绚；亡若幽兰，静而不失其婉。微而不卑，苔米生花；功而不骄，胡杨犹坚。月明星稀，紫微化险。念岁月之悠悠，叹忧乐之胸填。阴云怒呼，潮韵滋愁。感人生之多艰，慨际遇之有缘。

铁血忠英赋

己亥岁末，庚子新年。荆楚疫魔，肆虐神州。祸及南域，灾涉北疆，殃连东海，病造西域。波击欧美，浪袭东瀛。生民涂炭而为草芥，黎庶忧虑犹若惊殃鸿。行无逆旅，市无舟车，海内惶惧以一片，域外震恐为一片。

奏入京师，疏达北辰。巨臂擘划，运筹于帷幄；党魁筹策，决战于汉江。振臂高呼，民众云集响应；高瞻远瞩，世人望威而影从。倾神州之物力，星火乎驰援；集民族之才智，殚精而竭虑。风雨异域，情愫同天。殷忧而启圣，国难而兴邦。于昔于今，自古而然。商贾赍金，黍庶馈钱，白衣忘我，国士赴援，侨眷筹物，华裔纾难，官民齐心，军旅肝胆。终疫魔形现，卒病体转安。赞华夏之一心，赢列国之钦羡。

子弟官兵，可圈可点。为缚魑魅，主动请缨。新春伊始，抛小家而持大义，救国难而赴前线。铁血英姿，四海瞩目。云高雾漫，地老天苍救民水火而不畏惧；气冲霄汉，前赴后继扶人将倾岂敢怠懒。朔风凛冽，壮哉豪杰。红旗漫卷，雄哉铁肩。实砥柱而当中流，真劲敌而逢力腕。

　　曾几何时，子弟官兵，发轫于"八一"，举义于秋收，会师于井冈，改编于"三湾"，合部于陕北，其间踽踽独行，步履维艰，铿锵至今，饱经严霜：醒民众、均地权，打土豪、分地田，躲围追、破堵截，爬雪山、过草地，倡独立、驱达虏，抗倭寇、除汉奸，止内战、惩战犯。终而，立宪制、议共和、开政协、定国都、举庆典、兴中华、建国家。自此，遂胜旌招展，国歌凯旋，赤地生辉，黎庶身翻。

　　而后，设奇谋、剿悍匪、除四害、灭疫患、垦北疆、拓南域、驾长鹰、卫家国、战洪魔、斗雪灾、抵外侮、御劲敌、援朝越、捍民权、保正义、护侨民、战魑魅、击疫魔。扶将倾之大厦，固欲倒之危楼。实乃家国之栋梁，诚为中流之砥柱也。赖军民之同心，其锐利可断金；仗家国为一体，其坚韧堪无敌。

　　时节如流，国运多舛。且古中华，坚韧不拔。国巍巍乎泰兮，军锵锵兮凛然。慷慨悲歌，纵然马革裹尸，不负忠勇之志；当仁不让，即使血洒南疆，堪铸铁血长城。冰雪英魂，气贯长虹，当仁不让，舍我其谁。激忠贞之士前仆而后继；浩然正气，义薄云天，效后辈之人继往而开来。

　　今之疫患，已为强弩之末；明日朝阳，定当吉光高照。

　　斯赋不老，当慰长天：壮哉，吾铁血之忠军；伟哉，我邦国之英豪。

◆ 赵学勤

百年颂

山河破碎起苍黄,救亡图存见脊梁。五四运动显身手,嘉兴红船摇巨桨。北伐战争携手进,叶挺铁团成荣光。首劫忽来四一二,唤醒南昌第一枪。秋收起义点火炬,道路旗帜擎井冈。武装割据政权建,左倾教条又成殇。被迫放弃根据地,三十六计走为上。遵义会议推舵手,从此前进有航向。四渡赤水出奇兵,大渡桥横有天将。长征转战二万五,千锤百炼已成钢。抗战奋勇驱日寇,所向横扫蒋匪帮。创建人民共和国,五星红旗耀东方。抗美援朝打国威,战胜军事第一强。震世骇俗刮目看,中华民族再无恙。一日千里搞建设,英模辈出献力量。两弹一星惊世界,纵横捭阖有保障。接续奋斗同追梦,伟业代创新辉煌。突破当今制高点,量子太空独傲翔。天翻地覆今非昔,彻换人间慨而慷。小康社会已实现,建党百年颂华章。

◆ 王丙旺

东昌夜临（三等奖）

风摇荷动一城香,霞泻湖开万顷光。
眉月悄然凿玉璧,尽窥美色下东昌。

◆ 吕 斌

春雷（新韵）（三等奖）

开天辟地惠黎民,华夏繁荣铸梦魂。
家富国强需自信,与时俱进献精神。

党　颂

红船旗帜怎能忘，岁月蹉跎骤雨狂。
不忘初心公仆在，誓将日月共辉煌。

党旗（新韵）

党旗指引强精神，地覆天翻聚众心。
社会文明华夏美，民强国富九州新。

党魂（新韵）

初心宗旨在胸中，浴血为民壮志行。
岁月蹉跎何所惧，承前启后换天穹。

春醉（新韵）

春风杨柳吐真情，燕舞莺歌伴我行。
美妙绝伦心已醉，江山无恙是非明。

春风（新韵）

春风和煦兴情浓，翩舞蝴蝶美境中。
燕唱莺歌同享乐，富饶百姓尽豪雄。

春　歌

春回大地丑牛吉，燕舞莺歌志不移。
华夏脱贫实现日，前无使者世间奇。

◆ 路孟臣

念奴娇·漕河鼓枻（一等奖）

河城带砺。驾扁舟犁浪,穿行云际。新翠嫩红相揖让,直上重霄丹陛。白玉栏杆,琳琅阁榭,照影临清泚。金堤苍润,袭来都是仙气。　　休叹漕挽咽喉,天都肘腋,转眼成青史。若使帆樯连万里,那得悠游如此。弱柳亭边,画廊桥畔,俊侣歌吟地。日斜人去,剪取一棹烟水。

十一届三中全会

其一

京城际会岁将阑,宇内风云放眼看。

劫后山河仍禁锢,春来国士尚余寒。

开元赖有经纶手,转向能无指北盘。

四十余年成特色,始知当日已鹏抟。

其二

尽扫沉霾昨日曾,旌招禹甸复蒸腾。

上行改革春来急,下自开新泽被能。

莫怪三公皆左袒,只因四海望中兴。

如今大国威严又,回忆诸君更服膺。

建党百年庆典

神州万里庆生朝,一百年来革命潮。

已是功名垂宇宙,何妨诗酒入云霄。

龙光竞发中南海,霞彩漫过金水桥。

樗叟欣拈元结笔,浯溪石上颂唐尧。

海源书香

堂前石径泛青芜，槛外楹联纪往初。
善本多于天禄阁，缃囊迨及邺侯书。
百年劫难曾无免，四代收藏焉有如。
终使杨家倾海内，文章道德惠田庐。

念奴娇·隋堤古槐

苍鳞褐甲，是虬龙蟠峙，津头羁绁。探爪奋鬐夭矫势，欲把穹隆撕裂。蚀雨罡风，天灾人祸，依旧坚于铁。历经千载，此翁当得奇杰。　　漫道昔日漕河，贯通南北，数度君王谒。转瞬南柯惊梦起，几代繁华消歇。情以何堪，树犹如此，莫叹星星雪。凭栏其下，细听枝上啼鴂。

念奴娇·平湖泛舟

琉璃万顷，纵船头飞雪，篙痕摇碧。玉女长天开宝镜，云袂霞裳梳栉。鸾鹤翔空，鱼龙吹浪，贝阙通溟极。乾坤澄澈，管教披豁胸臆。　　犹记载酒邀朋，中流击楫，挹注青衫湿。故地重来寻旧约，情愫已非畴昔。罗袜凌波，回廊响屧，自在神仙域。扣舷归去，却闻尘外横笛。

齐天乐·登光岳楼

堞楼远眺斜阳外，微波野烟凝紫。明鉴中分，长虹飞跨，几点扁舟天际。凉飔渐起。正净植摇红，湖亭浮翠。檀板频催，笙歌直上暮云里。　　招来泽畔俊侣，夕阳流转处，栏杆同倚。侑舞传觞，披襟解带，不负年华逝水。先生醉矣。问玉宇琼楼，可能如此。梦入蟾宫，素娥调绿绮。

水龙吟·东昌湖临眺

河山带砺千年，终成浩渺环城际。登楼四望，碧波万顷，连天千里。齐鲁鄱阳，东昌云梦，叹为观止。纵蓬莱羽化，灵霄漫步，其景色、难如此。　　更有花前月底，立汀洲、笙歌摇曳。廊桥响屧，青鸾回雪，惊为仙子。赢得恬然，相从物外，无求他矣。料风流杜牧，乘槎直抵，也应称是。

沁园春·贺建党百年

一代风华，聚首红船，引领潮头。率工农百万，开天辟地；艨艟千里，击楫中流。缚住苍龙，驱除虎兕，始得炎黄立五洲。南湖外，记英灵多少，名动金瓯。　　于今圣地优游。更鼓枻鸣弦烟雨楼。瞰革新规制，夜虚前席；折冲国际，日划边筹。丝路风情，汉唐气象，民族中兴势愈遒。蓦回首，见金波荡漾，玉宇沉浮。

◆ 程　亮

舟过聊城（三等奖）

巍巍东昌府，古今情未了。

铁塔俯层云，孤楼坐清晓。

帆落次古城，波动惊飞鸟。

东望泰山高，一点青烟小。

◆ 王连陟

建党百年看复兴

建党百年看复兴，红旗引路岁峥嵘。

龙腾摆尾三山倒，狮醒抬头四海清。

经济腾飞惊世界，工农发展震苍穹。

导航北斗空间站，科技祝融探火星。

◆ 常子贵

南　湖

南湖美景丽嘉兴，建党游船一大功。

革命高潮从此始，人民旗帜至今红。

清平乐·旭日东升

百年赤县，风雨如磐暗。铸就镰锤砸铁链，春到人间换。　　天安门上强声，五湖四海沸腾。凝聚民心向党，东方旭日蒸升。

◆ 张　斌

题光岳楼（二等奖）

门瞻泰岳与天侔，气镇黄淮三百州。

满地豪杰何处去，城高须待我题楼。

甲午冬日读饮水词有寄

梦里荒城百丈楼，江山一定战方休。

豪杰已逝苍生在，莫道英雄只废丘。

中共建党百年有怀

兹逢百载唱宏歌，盛世之民所念何。

幸有先杰驱虎豹，独留吾辈叹兵戈。

观书频讶山河改，丈步新识悲喜多。

待望东南烟海处，台彭须下莫蹉跎。

满江红·读近史

万里河山，都染尽、苍生膏血。痛煞百年神陆沉，目眦皆裂。虎咒熊羆哮中原，夷狄兵火残金阙。剩皑皑白骨漫天涯，风呜咽。　　龙奋起，出渊穴，目如炬，鳞如铁。看旌旗猎卷，满地豪杰。拚却英灵千百万，终将巨臂补瓴缺。待硝烟散尽立秋风，霜天月。

◆ 张玉霞

东昌湖春日遣怀（一等奖）

波动一湖碧，争看两岸新。

凭栏皆秀色，依水醉氤氲。

穿柳双飞燕，倾心共剪纶。

熏风关不住，处处踏青人。

鹧鸪天·东昌湖金兰欢聚

慕色苍茫入古城，彤云境在此中生。天边雁过凭空里，水上舟摇浩渺横。　　寻故道，绕芦行。金兰共聚细茶烹。长廊曲径通幽处，忘却凡尘远世名。

◆ 马树才

钗头凤·水城飞雪（三等奖）

天侯乱，无良伴，冷风飞雪寒冬颤。常凝晓，银花袅，洁白人间，羽毛真好。妙，妙，妙。　　欣寻远，观魂断，素装银裹风光满。飞行跳，瞰空笑，当庆丰年，水城纷娆。俏，俏，俏。

◆ 任保岭

红舫曙光

五洲震荡起苍黄，红舫南湖闪曙光。
星火燎原燃万里，涓流成壑汇三江。
摧枯拉朽神州净，吐故纳新禹甸强。
王母吃惊天下变，嫦娥偷笑道沧桑。

◆ 刘　方

东昌湖畔（三等奖）

湖水清清映白云，新鲜空气少浮尘。
有心夸赞无佳句，误了东昌一片春。

清晨湖边行

晨露凝眉芳径行，朝阳初起鸟声声。
弯弯湖岸游人聚，缕缕南风空气清。
耳顺春秋迷落日，古稀岁月识归程。
随心寻乐莫逾矩，知足平生淡辱荣。

重登光岳楼随感

赏菊重阳酬酒后，光岳楼上放清眸。

经风沐雨随寒暖，就日瞻云看夏秋。

自古千官凭栏吟，今如百姓尽兴游。

遥望碧水绕城郭，疑是江南移鲁州。

◆ 王炳臣

凤湖早行

朝朝早起再朝阳，逐鹿千骑卷凤岗。

右闭网收光岳影，左开层浪覆东昌。

◆ 叶兆辉

建党百年际游东昌府区逢友人感赋

万户千家渐脱贫，小康路上又迎春。

人文璀璨惊俱变，经济荣繁悦尽真。

一颗红心遥向党，百年佳日喜逢辰。

东昌特色传天下，幸福讴歌倍觉珍。

◆ 耿金水

辽沈战役（新韵）

不战长春战锦州，关门打狗设奇谋。

陈兵百万于东北，解放全国你莫愁。

淮海战役（新韵）

逐鹿中原军号吹，碾庄战罢打黄维。

六十万胜八十万，滚滚车轮百姓推。

平津战役

北平战事不寻常，大义终归占上方。

历史名城能保住，存亡未必动刀枪。

游东昌府

水绕环围光岳楼，东昌湖上泛渔舟。

隋亡勿赖通衢事，左手河槽商贾稠。

◆ 李永华

江河汇流润东昌

长江碧水入聊城，汇涌黄河利众生。

历代王朝无此绩，人民齐赞党英明。

建党百年颂（新韵）

一轮赤日照前程，火炬晖光亮夜空。

立党定国勤百载，为民谋利乐三生。

扶贫建设家园美，致富得来社会宁。

理想目标求远大，造福人类显奇功。

◆ 胡 枫

采桑子·辛丑（新韵）

一条一款行行耻，天下神州。何处神州，四亿仁人泣涕流。　寸节寸理声声怒，何处神州。天下神州，十亿苍生弘令猷。

诉衷情令·淮海战役烈士颂

黑云赤地炮声隆，依稀梦魂中。别来几度春风，最是夕阳红。　魂似月，令如风，胆如虹。老兵不死，美人不败，细水长东。

西江月·建党伟业（新韵）

创业二十八载，扬眉百二十年。观书容易撰书难。提笔骋驰两万。　把舵两篇华卷，绘图两个华年。换天容易变天难。撸袖埋头苦干。

青玉案·开天辟地

几番天国山河泣，蓦回首、乾坤逆。怎料得鲜红付墨。天王梦断，康梁遁逸，战伐催人急。　一声炮响人间易，波上红船壮猷辟。怎绘得红旗似画，一腔热血，漫山赤迹，万里游龙笔。

上江虹·百年风华

万丈危澜，风口处、宏猷开擘。换新天，星星之火，教乾坤赤。三座大山翻过去，一声雄语东方白。百年耻、方吐气扬眉，腰身直。　攻坚战，苍生恤。英魂梦，何时拆。四十二载走过，风骚立。天塌下来擎得起，风云疾变昭原色。复兴业、倾一世风华，雄狮叱。

沁园春·伟业颂（新韵）

大考当关，风云际会，漫漫征程。乃共襄盛会，群英献策；齐奔万亿，众志成城。历历峥嵘，磅磅远景，一代江山鱼水情。肃纲纪，迎乾坤朗朗，海晏河清。　　大国崛起如虹，肩使命、百年肇复兴。正同舟抗疫，且纾民困；齐心复产，再赴新征。亲善邻邦，惠容远域，一带缤纷一路荣。辛丑复，雪百年国耻，大义从容。

◆ 窦邵文

鹧鸪天·咏长征

八万红军赤帜飞，黑云四面突围时。雩山贡水箫声咽，残月疏星战马嘶。　　风寂寂，雨霏霏，动我中肠动我思。连爿舟舣秋江畔，多少儿郎未得归。

满江红·百年伟业

几度春秋，一百载，峥嵘岁月。望四方，仁人志士，壮怀雄烈。画卷千重风共雨，豪情万丈披心血。弄潮儿，撸袖再加油，镌功捷。　　山有虎，弯弓没。天无际，将心越。和美天地人，风流英杰。绿水青山怀宝藏，擎绸带路通仙阙。待梦圆，狮醒报祺祥，连天彻。

沁园春·大国崛起

滚滚风云，动荡人寰，巨擘铁肩。赞安邦治国，法规至上；和邻睦友，义礼当先。大道归心，箴言喻世，华夏欣逢尧舜年。初衷暖，众炎黄撸袖，重整河山。　　群英戮力攻关，喜硕果争将威望添。看雄鹰列队，梭穿岛链；东风快递，怒视前沿。天眼追星，蛟龙探海，高铁飞奔丝路宽。中华号，正劈波斩浪，一往无前。

沁园春·百年伟业

一

百年征程，千山万水，苦难辉煌。忆先贤几代，舍身救国；英雄无数，伏虎驱狼。一盏明灯，拨云穿雾，骇浪惊涛党领航。开新宇，看朝晖万里，日出东方。　　洒播无尽春光。把九域河山锦绣装。为黎民福祉，精心谋划；人间道义，铁臂担当。牢记初心，不忘使命，旗映镰锤永向阳。织国梦，聚英才十亿，虎奋龙骧。

二

烟雨南湖，画舫红船，破浪向前。痛军阀混战，国危民怨；鞑虏倭寇，占我家山。马列为旗，苏俄是首，华夏神州赤日悬。金鸡唱，唤雄狮觉醒，慰告轩辕。　　悄然星火燎原，聚众志成城撼地天。看工农携手，无坚能挡，学兵同路，共赴延安。伟业当成，宏图已展，扭转乾坤四九年。如今愿，为民生民意，民主民权。

三

报晓初晴，露角神州，百业待兴。忆当年赤县，疮痍处处，今朝慈母，岁月荣荣。建设家园，复兴境土，华夏腾飞世界惊。银球转，赞和平使者，笑迓宾朋。　　承前再举长征，开放路、披荆大步行。喜钟灵毓秀，锤镰树帜，才良德灿，钢铁长城。远眺扶峰，励精图治，伟绩奇勋日共莹。红旗猎，正东风漫卷，万里鹏程。

四

昔日中华，国弱民穷，众怨世哀。幸红船拨雾，乘风破浪，井冈辟地，星火添柴。伐蒋驱倭，翻江倒海，横扫山河万里霾。光辉照，看阴寒云去，朗朗天开。　　初心使命差排，潜海飞天何等壮哉！喜千年梦想，小康接代，百年奋斗，好戏连台。战疫丰赢，扶贫决胜，党性新编好教材。生辰庆，正前程似锦，紫气东来。

◆ 刘关波

永葆初心砥砺行——诗贺中国共产党百年华诞

一

百载风云势恢弘，开天辟地旷世功。
星星之火井冈始，步步艰途吴起逢。
联手御敌仇怨泯，援朝抗美情与共。
峥嵘伟业新篇赋，灿烂前程春潮涌。

二

回望历史扣心弦，沧桑百年一瞬间。
上海七月开序幕，南湖红船奋向前。
昔有志士赴汤火，今看故国绽新颜。
团结大众脱贫困，拥抱小康绘佳篇。

三

世纪风云步履坚，小康畅享好梦圆。
旗妍党写奋斗史，国富民抒改革篇。
全党犹荣百岁诞，神州更兴万千年。
炎黄子孙福运长，康泰永葆沐新天。

四

风云百年怀衷情，砥砺奋进业正兴。
万众心同轻破浪，九州志合勇登顶。
雄关漫道航向正，宏图伟业战鼓鸣。
复兴大梦功成日，鲜妍党旗红殷殷。

五

南湖红船响春雷，锤镰高举坚不摧。
抗蒋驱倭除霾雾，倡廉反腐祥云归。
惊涛骇浪且迎战，暴雨狂风何所畏？
百年沧桑逢甘霖，神州熠熠绽葳蕤。

六

菁菁南湖沐祥光，殷殷红船旗高扬。
万千烈士身先卒，无数功名生后藏。
世上邪恶除务尽，人间正道是沧桑。
风雨百年兴邦路，初心永秉志弥昂。

七

贤达志士欲何求？辗转南湖思良谋。
星火劲燎耀九州，狂澜力挽赖毛周。
军民鱼水同患难，党政齐心共济舟。
长剑刺空惊寰宇，指日可待复金瓯。

八

星火之势燎人间，烈焰熊熊燃百年。
巨人降世拯苍生，长风破浪扫瘴烟。
灭疾抗疫奏凯歌，致富脱贫展欢颜。
聚力筑梦赋壮诗，开拓新天润心田。

九

小小红船播火种，百年大党活力迸。
伟业传薪程万里，江山逸彩锦千重。
良策兴国国威振，善政富民民圆梦。
扫黑除恶崇正气，心齐劲足建奇功。

十

昔日南湖聚群贤，传播马列拓新篇。
工农联手驱倭寇，军政齐心攻坚险。
大略复兴新伟业，雄才誓换旧河山。
历经百载风兼雨，初心永葆莫等闲。

◆ 王　旭

沁园春·庆祝中国共产党百年华诞

巍巍中华，大千世界，千载斜阳。日月更替处，人民幸福，家门康泰，华夏繁祥。红遍东方，原驰蜡象，蜿驻长城捆毓章。杀新寇，威震非欧亚，打虎驱狼。　　古来锦绣吾乡。今日看、平添些断肠。历尽无数难，丝绸铺路，帮兄扶弟，拥护中央。出汗穿衣，加油撸袖，放手为民流馥芳。中国梦，复兴勤改革，造福隆昌。

◆ 赵纯宝

职教颂献给建党一百周年

职业教育换新颜，党的话儿记心间。
校园红花迎旭日，窗前绿叶接碧天。
呕心沥血育桃李，赤胆忠心立杏坛。
课程思政似春雨，谱写职教新史篇。

◆ 强克云

红船颂

百年彩舫绽霞光，斗雪经霜意气昂。
破浪凌风惊世界，今同星汉共辉煌。

建党一百周年感怀

南湖破浪领航船，百载乘风直向前。

拔剑驱亡神鬼界，挥戈扫废帝王天。

虽能探海愁犹在，尚可行云梦正圆。

伟业千秋勤励志，征程万里谱新篇。

◆ 黄千红

百年华诞礼赞

百载危艰历练多，镰锤交会势巍峨。

红船涌浪驱迷雾，遵义纠偏出险涡。

建国宏图新布局，复兴伟业已鸣锣。

加油撸袖从心干，不费蹉跎壮凯歌。

鹧鸪天·建党百年颂

斗雪经霜意气昂，百年彩舫绽霞光。似春古国千秋盛，如日神州万世昌。　　谋实事，用良方。山川处处党旗扬。承艰负重开新局，圆梦中华花卉香。

◆ 张守忠

建党百年感怀（新韵）

翻开历史从头看，强盛中华梦正圆。

万里江山披锦绣，光辉一页是今天。

◆ 李　朋

水调歌头·高铁复兴号

晨踏湛江浪，午赏燕京鱼。驰驱天地凰舞，原野令心舒。枫叶云空穿雾，翁稚溪丛伴唱，南北贯通途。青史普风赋，苍宇道扶疏。　　海峡广，骨肉散，豆萁枯。齿唇互诟，祠庙宗祖叹难殊。两岸同伦手足，高铁何时轨如，谁笔绘宏图。华夏经凄雨，赤子盼红萸。

满江红·丁酉年欣迎"十九大"感赋

丹桂飘香，寰球看、群贤汇列。听舵手，绘图指路，大邦谋决。语带豪言明大梦，拳挥巨帚除尘叶。立议案，续往又开来，民生悦。　　兜底线，编密结。蝇虎打，瘟神灭。护天蓝地新，强国情切。遨步苍穹登皓月，潜游深海雕青骨。奔小康，守正更图强，初心越。

洞庭春色·辛丑年话脱贫攻坚

科技兴农，村官追梦，政策导航。忆黄河两岸，交通脆弱；长江三楚，教育无强。生态流荒，人才匮乏，墨守成规惰性扬。今朝看，正与时俱进，汗洒山乡。　　善谋天道良方。领华夏人民奔小康。赏驼铃一路，重通古道；资源万种，引进绅商。五项专批，六条精准，致富攻坚日日忙。未来路，享青山绿水，五谷丰仓。

◆ 赵永清

建党百年寄语（新韵）

　　航标指路灯，任重且前行。百载辉煌史，今朝誉美名。毛公开伟业，马列引红旌。徒手家园创，同心山海宁。居先少隐忧，攘外有雄兵。医患宜亲近，师生亦感通。善良应犒奖，财富看均衡。常悯三农苦，当怜最底层。政施须体恤，法治重公平。大道筹谋下，小康规策中。外交诚坦荡，博弈拒奉迎。纳谏维舟稳，招贤国祚隆。丹心来献党，庆典赋和声。万语难书尽，惟期更向荣。

◆ 金永波

红船颂

　　启碇红船破浪冲，百年风雨伴雷声。

　　井冈星火燎原起，遵义正航扬席行。

　　推倒三山除旧阙，振兴九域辟新闳。

　　航天探海史诗壮，逐梦中华跨锦程。

红船咏

　　南湖启碇发红船，斩浪劈波一百年。

　　万里长征驱虎豹，三山推倒辟坤乾。

　　兴邦脱掉贫穷帽，改革遍开幸福泉。

　　逐梦中华鹏展翼，扶摇直上九重天。

讴红船

红船解缆向潮头,风雨百年航劲道。
星火燎原焚旧阙,韶光破雾耀神州。
黎民致富党恩颂,全面脱贫国志酬。
屹世东方奇迹创,中华圆梦写春秋。

咏红船

船启南湖劈巨浪,百年华诞史诗煌。
天翻地覆乾坤绮,国富民强画幕长。
座座新城凌昊宇,条条高铁越川冈。
云帆猎猎沧溟济,一带春风一路香。

咏党的优秀领导干部孔繁森

二进高原担使命,初心不忘五洲同。
逢山开路开金道,遇水架桥架彩虹。
小我早抛云昊外,大公融入血浆中。
支边援藏功勋赫,雪域千秋咏俊雄。

咏东昌府

风雨兼程一百年,东昌日月换新天。
丽谯耸立云霄外,靓轿奔驰山水边。
户户脱贫奇迹创,家家致富彩灯悬。
欣逢盛世党恩颂,民梦连同国梦圆。

东昌圆梦谱新篇

百年华诞咏红船,斩浪劈波雷震天。
唤起工农挥剑戟,燎原星火耀坤乾。
推翻三座穷山岳,开出九州幸福泉。
不忘初心跟党走,东昌圆梦谱新篇。

东昌府新农村一瞥

昔日农家木草房,百年逐梦变天堂。
丽谯雄峙云霄外,别墅齐排绿地旁。
民弄华为兴企业,户开宝马牧牛羊。
欣看庄左黄河水,滚滚春潮万里长。

◆ 于克华

南湖红船(新韵)

烽火狼烟国破碎,南湖云雾隐红船。
十三才俊惊魑魅,亿万工农闹大千。
浴血同仇驱匪寇,摧枯拉朽换新天。
神舟承载中华梦,百岁沧桑恰当年。

井冈山(新韵)

叠嶂层峦几百里,雄师会聚井冈山。
武装开辟根据地,扶弱锄强灭匪顽。
农友翻身跟党走,舍生忘死护摇篮。
燎原星火红华夏,扭转乾坤大梦圆。

延安（新韵）

外患内忧国大难，红军抗日赴延安。
主席智定歼敌策，将士拼杀寇胆寒。
简政精兵均田地，边区到处艳阳天。
润泽万类延河水，荟萃贤达宝塔山。

西柏坡（新韵）

茅舍土屋滹沱畔，柏涛流水话当年。
运筹帷幄神兵降，横扫千军蒋匪残。
纬地经天怀大略，布新除旧著鸿篇。
跳出历史周期率，敬请人民做考官。

◆ 刘灿胜

红船颂（新韵）

历尽沧桑情未了，芳华默默守曾经。
初心奔放新时代，引领山河红色风。

祝贺天问一号成功着陆火星，并向全体工作人员致敬（新韵）

心路迢迢总不平，几多牵挂系苍穹。
激情燃到火星上，天问传来最美声。

沉痛悼念袁隆平院士（新韵）

地震余波尚未平，惊闻院士已西行。
杜鹃啼断黄泉路，稻浪千重尽泪声。

春游东昌古城（新韵）

光岳楼高湖水清，千年铁塔沐春风。

浪花美到三山外，阵阵船笛醉古城。

登光岳楼（新韵）

楼台一座系家国，几度风云腰未折。

喜看运河金色里，千帆唱响远征歌。

瞻仰孔繁森同志纪念馆感怀（新韵）

松竹品质腊梅心，信念如一是爱民。

可晓茫茫阿里雪，依然凝望送春人。

◆ 高 银

建党一百周年感赋

九州昏睡暗云悬，山河破碎炮火连，内忧外患民涂炭，血雨腥风盼晓天。十月革命传马列，南湖波涌荡航船，星火燎原漫天燃，照亮中华一百年。长征开路福乾满，遵义擎旗挽狂澜，降倭败蒋兴华夏，摧枯拉朽倒三山。北京挥手红旗展，建国建军开新元，抗美援朝战恶顽，三军胜利凯歌旋。自力更生创伟业，奋发图强建家园，全国上下齐努力，神州迎来好局面。禾丰酒美鸡豚足，舞炫歌纯吉庆还，紫气东来春满目，甘霖大地绿盈川。多快好省蓝图绘，御侵援邦固边安，两弹一星惊破天，东方巨人震宇寰。三中全会调船头，土地承包粮满囤，上下同心齐奋斗，改革开放劲扬帆。鲲鹏展翅扶摇上，高铁驱轮快速前，揽月登天悬北斗，强军巨舰御疆边。科技领军兴百业，经济腾飞捷报传，港澳回归母怀暖，百年期盼奥梦圆。扶贫勋绩民生重，震古奇今伟业巅，反腐倡廉清吏治，打虎拍蝇利剑悬。五位一体四全面，赶超两个一百年，初心不改战旗鲜，壮志凌霄永向前。一带一路利沿线，互利双赢缔友缘，伟大复兴民所向，中华盛世万年传。精修国策康庄路，再构宏图霸业帆，万众一心跟党走，喜迎建党一百年。

沁园春·庆祝中国共产党建党一百周年

百年春秋，历尽沧桑，步履铿锵。忆南湖建党，红船荡漾；井冈会师，红旗飘扬。万里长征，八年抗战，浴血奋战斗志昂。新中国，似世界巨龙，屹立东方。　　江山代有英雄，恰奋力扬帆再起航。看中华大地，改革风盛，蛟龙入海，北斗导航，港澳大桥，横锁香江，一带一路盛世昌。喜今日，庆百年华诞，再创辉煌。

◆ 赵日新

喜赋中国共产党百岁华诞

党徽

镰开晓色弄霞飞，收篓风清品翠微。

尔把天纲行九宇，众将星火捣千锤。

方圆新梦重重绮，直步锋芒紧紧追。

打点哲思思日月，攻坚无不胜相随。

党旗

拨云截抹太阳红，漫卷长天风做东。

翕聚铿锵一带路，迂回梦想九霄龙。

春山崛起民之盾，秋水丰盈浪里雄。

些许流光拂倩影，无疆万岁郁葱茏。

党章

锁紧天条好丈量，踏石抓铁不迷茫。
好从玉律形而上，唯有民心耸作梁。
古道生机新世界，小康拂绿大文章。
沧桑检点金堪砺，满是花开正向阳。

◆ 姚继新

红船精神

碧波犹荡旧情怀，岂惧豪强纷又来。
已证百年真主义，当唏诸国散樗材。
昔时遗恨金瓯缺，今日喜看丝路开。
几代梦圆终有处，不容风雨乱瑶台。

党的一大百年回望

经由石库与红船，首聚同求主义全。
值国危亡甘赴死，救民苦难未停鞭。
初心已在九千万，壮志还逢一百年。
证得小康圆旧梦，重开丝路报前贤。

◆ 邹永斌

庆祝建党百年

红船载梦启南湖，星火燎原九域苏。
万里长征铭赤子，百团大战抗倭奴。
蛟龙入海军威振，玉兔凌空国力殊。
众庶脱贫诚所愿，挥镰劈斧绘蓝图。

◆ 李跃贤

东昌府区新貌

壮丽山河引凤凰，梨园堆雪枣飘香。

高楼拔地擎天矗，宽路连云入眼长。

村有导游花有梦，鸟争暖树日争光。

红心向党怀豪迈，彩绘宏图奔小康。

沁园春·中国共产党100周年颂

猎猎旌旗，滚滚铁流，红艇势雄。忆南湖举帜，惊天动地，南昌起义，亮剑冲锋。唤醒工农，当家做主，誓把丹心化作虹。镰锤舞，阅出奇必胜，屡立丰功。　　引资开放攀峰。襟怀远，革新路万重。悦卫星环宇，潜龙探海，南巡启智，北斗横空。贫困清零，小康在握，抗疫成功志满胸。多豪迈，正喜迎华诞，国运昌隆。

沁园春·东昌府区新貌

水沃平原，凤翥古城，春驻东昌。看梨花堆雪，香瓜涵蜜，菜园拥翠，大枣飘香。麦米流金，黄河溅玉，商旅繁荣梦远航。缤纷处，任虹垂铁塔，鱼醉荷塘。　　纵观天地新装。高标树、耕耘奔小康。有镰锤拓路，红心向党，乡村换貌，骏业争光。艺术传馨，文明享誉，经济腾飞步百强。迎华诞，正激情澎湃，铸就辉煌。

◆ 于虹霞

咏红船贺建党百年（新韵）

风系红船小，三千莲色曛。

会盟开气象，约契转乾坤。

不问出身处，但交同道人。

年年怀此日，百岁亦青春。

◆ 赵晓生

沁园春·建党百年抒怀

　　五岳蒸霞，九曲飞歌，党晋期颐。忆南湖波浪，红船载梦；井冈星火，巨擘擎旗。唤起工农，驱离倭寇，一统河山罢鼓鼙。雄狮醒，看大江南北，吐气扬眉。　　龙腾尽沐朝晖，况丕振家邦鼓角催。叹扶贫骏业，江山焕彩；驱瘟剑气，社稷雍熙。航母掀潮，嫦娥探月，丝路连通欧亚非。逢盛世，庆百年华诞，共举霞杯！

◆ 张艳军

红　船

潋滟南湖画舫舟，烟波楼下立潮头。

开天辟地前途确，勠力同心壮志酬。

大国重器

嫦娥妩媚访冰轮，威武蛟龙探海身。

重器震寰豪迈盛，中华儿女自强人。

致敬喀喇昆仑戍边英雄

一寸河山一寸金，岂容敌寇半毫侵。
抛颅洒血英雄魄，守土安邦赤胆心。

悼袁隆平院士

惊闻袁公驾鹤行，神州万里恸悲声。
杂交水稻周天下，共和勋章不朽名。

长 征

何路迢迢举世惊，西行漫记著长征。
逶迤五岭弹琴键，澎湃金沙做和声。
热血如花山退却，决心似铁水恭迎。
千般困难从无惧，只为神州暗夜明。

◆ 穆太石

党旗颂

镰刀斧头光辉映，划破长夜东方红。
披荆斩棘开盛世，党旗飘扬新征程。

会师井冈

历尽艰辛终相聚，井冈翠竹映红旗。
一心革命为解放，两军会师更无敌。

红色遵义

红色之城数遵义,确立核心毛主席。

力挽狂澜于既倒,稳掌巨舵为先驱。

建党百年有感

烟雨南湖红船现,乘风破浪一百年。

铮铮铁骨如砥柱,星星之火成燎原。

一切反动全打倒,所有压迫皆推翻。

巨轮驶进新时代,波澜壮阔更无前。

◆ 张德新

沁园春·歌颂祖国

高铁腾龙,航母巡洋,伟业绝伦。看南湖烟雨,犹生感慨,延安灯火,尚映精神。万里初心,百年豪气,誓把山河写满春。宏图展,绘家园锦绣,梦想缤纷。　锤镰镌刻经纶。感英烈、雄风铸党魂。有唐诗元曲,同歌愿景,江南塞北,共建昆仑。大业于途,小康在握,只为芳菲争晓昏。襟怀远,正几多足迹,印证殷勤。

◆ 张海萍

贺建党百年(新韵)

红船启动带来春,战胜惊涛力万钧。

扫去风云凭信念,冲开血雨更精神。

家园生彩旗增色,岁月如歌党布恩。

喜看今朝同筑梦,振兴路上唤雄心。

感怀毛主席

佳词一阕展豪情，王者强音举世惊。
唤醒工农凭妙笔，驱除敌寇自长征。
挥旗敢把三山铲，开国能将九域清。
今日重温心振奋，人民万岁最英明。

致驰援湖北医疗队

逆行荆楚气轩昂，济世扶危别故乡。
定让病魔能泯灭，才担使命不彷徨。
春风吹向锦城外，美景留于笑脸旁。
看我杏林皆勇士，征途一路闪荣光。

咏扶贫女干部（新韵）

不惧天凉风与沙，下田一起种桑麻。
扶贫送去千条策，创业迎来万缕霞。
化尽辛劳情作穗，收回欢乐梦成花。
交流围绕小康路，总把农家当自家。

鹧鸪天·咏赵一曼

冰雪还留鲜血痕，白山黑水解殷勤。自生赤胆能融爱，每到危时敢献身。　　铭义勇，带风云。丹心不灭刻经纶。化成一股英雄气，凝作中华民族魂。

◆ 潘景义

井冈山（新韵）

青山一座史碑丰，五指伸峰鬼怪惊。
火种燎原黑夜亮，红旗映日满天红。
肩担道义竹枪战，手挽工农号角鸣。
染血杜鹃英烈奠，黄洋界上炮声听！

鹧鸪天·百年党建颂（新韵）

血雨腥风舵手出，星星之火照征途。八年抗战倭贼败，万舰横江灭蒋卒。　　镰锤舞，党旗呼，百年奋斗展宏图。工农从此成真主，立党为公大梦书！

弄花雨·仰望红旗（新韵）

仰望红旗血喷涌，杜鹃燃、柏松齐敬。星雨闪、淬火镰锤高耸。五四唤、长征大梦。　　立誓旗下终生定，袖撸肩、负担使命。旗引领、再挂云帆驰骋，绿水青山仙境！

如此江山·建军节感怀（新韵）

建军节至心潮涌，南昌响枪如梦。义举皇皇，军旗猎猎，嘹亮军歌山动，八一史炳。忆膊系白巾，领红驰骋。逆党燃萁，武装革命救民众。　　乌云散去天净，井冈星火盛，西柏坡令。旧制镰除，贫人做主，狮醒东方威猛，金瓯固鼎。赞气正风清，百年民颂。岁月峥嵘，九州军号咏！

◆ 李太东

沁园春·祖国颂

沧海平澜,玉宇飞舟,仰首巨龙。看鼎新百载,旗擎特色,励精一路,志在高峰。社稷生春,炎黄焕彩,不忘初心尽智聪。和谐处,把几多故事,化作从容。　　鲜花献给英雄,正映带、峥嵘岁月浓。更振兴百业,襟怀之远,相思两岸,祈盼其中。铸就灵魂,弘扬善美,梦想凝成民族风。前程锦,喜江山寥廓,气象无穷。

◆ 唐秀玲

建党百年礼赞

红船举帜历沧桑,几度风烟向远航。
卫国保家驱虎豹,为民谋福步康庄。
旌旗绚丽初心记,时代创新使命当。
百载山河添锦绣,迎来盛世铸辉煌。

鹧鸪天·大美东昌府区(三等奖)

水上都城气象新,东昌湖畔鹭鸥亲。青蔬基地瓜尤翠,粮食加工稻似银。　　迎盛世,感深恩,只因党引乐常春。和谐生态家园美,难忘经年筑梦人。

◆ 凌　宇

建党百年感怀

独有雷霆遣六丁，劈开混沌见天清。

百年星火痕犹在，万里荒山路不平？

且把初心书海内，还看后浪伴潮生。

中华儿女多奇志，风雨今朝更一程！

建党百年抒怀

一帜轻飏破大荒，百年风雨几苍黄。红船影落锤镰舞，青史名留日月长。星火燎成连朔漠，旌旆并动起南昌。云随匹马常如炙，露湿寒衣不觉凉。万里且凭霜凛凛，千山过尽雪茫茫。纷纷时局驱胡虏，朗朗乾坤卫土疆。待到鸡鸣天下白，还看华夏谱新章。

◆ 刘铁跟

醉江月·奋斗百年国强盛

开天辟地，沪城开会聚，救国先议。唤起工农千百万，奋斗为民谋利。万里长征，抗击日寇，光复神州地。实行民主，五星旗帜升起！　　抗霸威望提高，制成两弹，华夏昂头立。跨进上中行列里，深入改革增益。探月工程，超级计算，航母强国力。崭新局面，中华疆土瑰丽。

天仙子·七一勋章获得者王占山

百战老兵拼硬仗，辽沈不停达两广。金城之役四天中，英勇抗，功夫棒，四百美军魂魄丧。　　自卫抗敌将寇荡，冒死御敌存胆量。离休情系是国防，供采访，忠于党，红色事情长久讲。　　李家汉。革命家风茂衍。当年小，私动礼盒，阿爸言说你别占。尝吃要折款。　　严管。家风赫显。学宗旨，不搞特殊，永远同民过坑坎。当兵历磨炼。沤田不嫌脏，学技流汗。聪明才智当团干。转职到民政，贴心百姓，防灾预案拟妥善。检查奔一线。　　实看。备而战。受灾有吃穿，安置舒坦。下乡带队行程满。长辈是榜样，自身节俭。慷慨解囊，助贫困，送温暖。

丰乐楼·讴歌共产党百年历程（新韵）

申城首开会议,史开天辟地。拿枪杆、星火燎原,建立红色基地。歼日寇、民族挺立,推翻弊政凭实力。靠牺牲壮志,人民从此昂立。　　抗美援朝,提高声望,始改天换地。齐奋斗,自力更生,制成飞机翔起。自行研、歼敌两弹,核潜艇、卫星环宇。造大桥,胰岛素成,繁荣科技。　　改革开放,经济议题,正翻天覆地。有勇气、总结经验,解放思想,做法灵活,振兴经济。抓三步走,成功开创,中国特色前行路,富起来,提庶民生计。协调发展,保障改善民生,跨入上中行里。　　在新时代,定向擎旗,展示凝聚力。干大事、惊天动地。探月工程,量子通讯,航天业绩。超级计算,深潜海底,航空母舰列装毕,大飞机、稳定飞翔去。风华正茂前行,不忘初心,再接再厉！

◆ 王　君

大国礼赞（新韵）

斧镰开辟新天地，驱虎降魔不畏艰。
奋进百年再励志，领航科技世人前。

◆ 郑瑞霞

庆祝中国共产党成立100周年（新韵）

砥砺同行一百年，春风浩荡暖家园。
腾飞城镇蓝图美，富裕人民日子甜。
大业中兴酬社会，长诗豪迈壮河山。
初心不改振华夏，璀璨千秋锤与镰。

缅怀先烈

◆ 朱传贤

敬颂杨靖宇

雪原林海驻芳华，飞马直将倭寇杀。
碧血流成三月雨，浇开禹甸自由花。

致敬聂耳

玉溪才俊抱初心，热血谱成强国音。
一曲战歌犹在耳，总教华夏长精神。

题杨根思

沙场百战显奇能，扫败豺狼遍地横。
粉骨碎身浑不怕，甘将血肉筑长城。

长征颂

踏破关山十万重，红军浩气贯长虹。
湘江鏖战云遮日，赤水迂回月露容。
击北声南脱虎口，攻池夺隘毙雕虫。
茫茫草地何须怕，携手并肩唱大风。

追思钱学森

青春作伴越重洋，邃密群科图国强。
漫漫关途回禹甸，铮铮铁骨作炎黄。
星追日月五洲动，弹爆云烟四海扬。
谨慎谦虚风范在，梦圆华夏慰忠良。

中国共产党百年华诞感赋

不忘初心使命担，百年奋斗换新颜。
南疆击棹湾区靓，北斗导航丝路宽。
飞架海桥追远梦，敞开天眼探奇观。
喜乘高铁游华夏，晓去京城暮色还。

庚子战疫

魔疫横行淫雨飘，九州儿女未哀嚎。

胸怀赤胆奔前线，身着白衣作战袍。

西药中医齐布阵，南疆北国共捉妖。

严冬过尽春风劲，扫得瘟神遁老巢。

◆ 王旭东

[正宫]塞鸿秋·建党百年

披荆破浪迎风雨，为民携手驱狼虎。安危生命人难顾，献身理想情真铸。复兴华夏步，圆梦神州路。初心使命皆如故。

◆ 牛银生

题改革先锋孔繁森

莫向穷途畏死生，辞乡两度藏西行。

餐风饮雪心无悔，赠药亲民目有情。

魂去应归桑梓地，事成何计鬼雄名。

东昌湖水犹澄澈，万古长流映赤诚。

满庭芳·江北名城

江北名城，水中都会，繁荣千载东昌。乘舟揽秀，翠柳映湖光。锦鲤翻波逐浪，微风起、吹送荷香。舒望眼，霓虹璀璨，大道似康庄。　　登临循旧迹，雄楼光岳，铁塔轩昂。鉴证者，历来多少沧桑。追忆故人遗事，精神在、万古流芳。红旗下，全民面貌，共把笑容扬。

◆ 周其荣

怀叶紫

战伐生涯主义真，城门喋血五亲人。
狱中朝暮连天暗，笔底风云与日新。
欲并文豪舒俊气，不教黔首陷长贫。
鸡鸣未及身先死，可叹芳华三十春。

◆ 贾伟民

农民运动领袖彭湃

激荡天泉伏巨龙，劈波唤雨自淙淙。
开山寻路建农会，立党为民闹海丰。
血染英年星月灿，浪淘主义鬼神恭。
九州澎湃骁雄曲，虎豹来侵剑不容。

鹧鸪天·赵一曼

国难当头赴北疆，舍生忘死打倭狼。红枪白马横千里，赤胆忠心纵八方。　　遭牢狱，笑刑场，一封儿信九回肠。甘将热血中华洒，巾帼花开千古香。

临江仙·邱少云

忘死援朝作战，挺胸宣誓成仁。生前潜伏义愈真。壮心惊敌胆，烈火铸精神。　　卧式雄姿不朽，无声勋迹长存。凤凰山顶舞风云。横刀看国土，放眼志乾坤。

◆ 尚爱民

瞻仰安庆陈独秀墓

头枕长江独自眠，青松翠柏伴茔前。
传薪播火先行者，指路摇旗马列篇。
建党奠基功赫赫，征途失误恨绵绵。
铁窗难锁鲲鹏志，大义昂然可对天。

瞻仰常州瞿秋白故居有感

天香楼阁秋霜白，武进古城朝日迎。晨报苏俄萌厚望，赤都心史颂光明。剪风穿雨江南燕，立地擎天共产兵。进退只为大局重，浮沉自若一身轻。长汀殉难鬼神泣，国际高歌人世惊。坦荡胸怀谈道义，多余话语诉心声。左联文友亲兄弟，患难知音真爱情。道德文章昭日月，书生领袖美其名。

题彭大将军墓

方方正正立乌石，楞角铮铮天下奇。生性刚强认真理，平江起义见晨曦。五番反剿称骁将，万里长征开路师。保卫延安忠勇献，主攻西北大军麾。保家卫国解危难，抗美援朝驱虎罴。挫败联军惊世界，赢来美誉壮军旗。身经百战丰功建，戎马一生功德驰。开国老臣元帅列，为民请命汗青垂。魂归故里酬心愿，翠竹苍松长护持。

◆ 王继强

毛泽东颂

忍看中华缩版图，群雄割据富贫殊。
一场战罢苍生幸，漫说名成万骨枯。

颂朱德

红军之父不虚名，谋划全盘麾战争。
九帅岂能同颉颃，高瞻仅次导师明。

赞彭德怀

井冈烽火到朝鲜，战绩何人可并肩。
愧煞今朝惧美者，已雄国力胆儿寒。

缅怀刘伯承元帅

开州人杰集如云，君是沧溟鹏化鲲。
寻路无讹投党抱，怀才有志济民飧。
雌雄一决淮和海，扭转千秋乾与坤。
从此元元喜新日，光辉到处草知恩。

书法家毛泽东

行云流水恣纵横，笔下龙蛇竞纸生。
羲献相伦显狭气，张怀若比逊豪情。
非从退笔墨池出，不是公孙启迪呈。
随手涂鸦皆绝品，无疑天赋自然成。

诗人毛泽东

韵章发轫始风骚，诗海波澜唐至高。
商隐绸缪耐咀嚼，青莲浪漫抒奇豪。
争如一咏宇宙小，绝唱百篇珠玉昭。
椽笔相伦无伯仲，风流掀起接天潮。

沁园春·党庆百年献词

寸草如何,报答春晖,伟党恩情。溯诞生红舫,长风破浪;民从赤枳,鏖战征程。驱逐倭儿,歼除蒋匪,四海辉煌马列灯。破妖雾,把三山推倒,解放生灵。　　中华从此新生,更喜听春雷九域鸣。掸锤镰尘土,党旗更洁;高新科技,天问飞腾。接旆来人,初心不忘,造福元元百族兴。感情海,向七星北斗,一吐衷声。

东昌新貌

◆ 李光信

春日（三等奖）

寻芳何处去,徒骇好风光。
日入桃梨艳,风牵嫩柳长。
枝头憩黄鸟,绿水动鸳鸯。
此地真相得,诗心起未央。

莲湖春柳次韵张女士国贤《明湖春柳》

初岁春风动柳丝,黄金连缀满青枝。
欲邀太白观湖景,把酒祈天唱和诗。

庆元宵

东昌今夕闹元宵,北巷南街似火烧。
月色难明星汉隐,春风暗渡柳丝摇。
翩翩踏木佳公子,脉脉轻歌悄玉娇。
沙漏金钟莫抵促,新春三五最高潮。

春日郊游

望湖塔下湄河畔,丽日和风带弱寒。
绿水细波翠鸟动,梨花白雾蝶儿看。
柳长不怕游人折,麦短毋辞众客残。
呼友携壶青草上,对兹可以尽清欢。

早春游莲湖

莲湖最是风光美,镜面初磨细波摇。
大地生春丝草嫩,长空晴碧白云飘。
几枝红杏夸颜色,何处风鸢争长飘。
承兴绕堤三匝走,堪如老祖上云霄。

◆ 谢玉萍

湖边步月

薄雾起平林,青畴接水浔。
风陪今夕客,月照旧年心。
出没江湖远,往来天地深。
稻粱谋画久,难得一登临。

光岳楼怀古仿子安《滕王阁诗》

鼓楼耸立东昌府,斗拱飞檐接天宇。
横分紫气八方客,纵引神光百丈衢。
当年王驾每登临,御墨今朝尚可寻。
我来独倚高轩上,侧耳犹听远古音。

浪淘沙·莲湖晚步（二等奖）

独步晚凉天，静水生烟，挨挨挤挤一湖莲。花叶亭亭相对看，满是心欢。　　弦月到眉山，忘了归还，与卿聊叙这生缘。有约回文机上字，拈上冰弦。

南乡子·丁酉元月十四与巴山老师绮园雅聚并寄东郡诗社诸友

那日约春风，香茗烹开雅意浓。门外小梅虽未发，亭东，檐角青云聚作峰。　　清兴入诗钟，恰是心音此处同。共说古今多少事，无穷，翠竹吟斋夕照中。

水调歌头·谒马本斋烈士陵园并咏

气节如山重，轩冕若尘轻。英雄虽死，魂系松柏自长青。一段谋生磨砺，一度从军求索，遇党见光明。立下凌云志，克敌灭东瀛。　　设伏击，围据点，出奇兵。威风八面，打得倭寇只心惊。听惯马蹄声乱，见惯战场厮杀，慷慨献忠诚。我辈今来此，凭吊慰英灵。

◆ 赵英杭

九月九日登光岳楼（三等奖）

百里苍茫一望收，浓阴四合碧波流。

连天云霭翠屏渺，扑地书香紫气浮。

赤子三生思大道，横渠四句见鸿猷。

登高勃发浩然志，赋得新诗纪壮游。

东昌梦吟

伊谁同醉画中游,碧水飘来光岳楼。

一曲骊歌惊白鹭,蒹葭曳曳拂轻舟。

东昌湖畔

绿杨岸上草萋萋,湖水平平燕子低。

一曲清歌谁唱响,兰舟飘过画桥西。

东昌仲冬

寒湖瑟瑟水天寥,伫望风鸢上碧霄。

欸乃一声惊白鹭,扁舟划过彩虹桥。

梦 荷

东昌最爱藕花时,明月香风好咏诗。

一叶扁舟须载酒,飘飘万顷翠琉璃。

红船寄怀

红船破浪入云涯,碧血流飞万里霞。

死战犹闻湘水曲,归来还忆雪山嗟。

百年奋斗应无我,四塞征行即是家。

极目神州多浩叹,舻歌笑指海天槎。

东昌府新韵撷英

咏聊城

胜地古来栖凤凰，垂荫深处是东昌。
一泓碧水飞天镜，十里荷花醉夕阳。
光岳楼头苍翠远，海源阁里策书香。
相承百代英才出，眷佑家园德泽长。

咏东昌府

十里烟波笼水城，平湖万顷接东溟。
运河北去飘银带，泰岱东来作翠屏。
光岳巍巍通地脉，海源浩浩汇天庭。
古今聊摄多人杰，胜景还由诗赋铭。

水城曲

绿水氤氲映碧天，东昌湖绕运河连。
巍巍光岳云霄上，浩浩海源华夏传。
归忆前朝遗旧馆，放歌盛世谱新篇。
且凭醉意寻诗去，一叶扁舟赏白莲。

东昌初夏

古城伫立运河边，十里葭蓬横渚烟。
曲岸翠微花照影，平湖荡漾碧盈天。
登临光岳瞻云处，诵读海源苏世篇。
日夕还携诗酒去，轻舟一叶觅心莲。

◆ 王继宪

东昌湖（三等奖）

白云淡淡晓风轻，四面湖光映古城。
桥卧碧波飘玉带，水摇柳岸奏银筝。
垂纶老叟苍颜展，逐浪骄儿气宇宏。
楼舍参差图画里，时听翠鸟报新声。

植物园春早

南园春信早，携伴又来寻。
远甸方添绿，疏林未隐禽。
溪流驱旧叶，柳动散轻阴。
万物皆生意，清风豁素襟。

徒骇河漫步

穿行杨柳岸，又见大河流。
楼耸新图壮，源清倒影浮。
杂花开次第，栖鸟唱啁啾。
最羡垂纶客，晨昏向此留。

南湖湿地公园赏荷

又到荷香季，重来湿地游。
红莲含细蕊，翠盖笼清流。
萍动鱼惊水，花摇叶藏鸥。
四围光潋滟，惬意上心头。

河滨即兴

盛夏知何去,沿河日往还。

林幽蝉自唱,草茂蝶双环。

人在清凉境,舟行浩淼间。

憩游皆适意,层荫隔尘寰。

登光岳楼,东郡诗社雅集分韵得登字

古城千岁又新生,百尺名楼快意登。

飞角重檐追宋韵,苍茫云水隐溟鹏。

几回驻足尘烟起,今日凭栏万象澄。

揽胜啸吟吾辈事,开怀当上最高层。

春游百竹园

得闲最爱竹园游,叠翠重重一望收。

路暗林深声寂寂,塘明溪隐水悠悠。

万竿隔断尘寰虑,百径疏开岁月忧。

对景忽思陶令句,乐天随遇更何求。

古城行

名城重建世无俦,连日穿行看未休。

街巷曲环呈万象,园林散落各千秋。

绕墙竹翠谁家院,照壁花红百姓楼。

偶入华堂观赏罢,一湖春水望中收。

◆ 张铁良

鹧鸪天·消暑（二等奖）

骤雨初晴涨满溪，游鱼吹浪野鸥飞。曲阑斜转参差竹，小径遥连自在枝。　　青石板，绿荷衣，四围村舍白云低。舟横野渡微波起，一片蛙声到水西。

鹧鸪天·成无己纪念馆

旧址重修尚古贤。仁心妙药化清泉。北迁播下回春术，南望传回济世篇。　　参古奥，注伤寒。七方十剂剖根源。扁舟远志乌头白，功业千年解倒悬。

高阳台·大运河

塔影波涟，莺声草色，龙舸古渡平川。锦缆晨昏，稻稠脂染歌弦。参差近水归来早，望街衢、絮舞旌繁。绕危楼、玉带潆泓，翠盖驰烟。　　寺钟鸣响流光里，任隋堤柳老，沃野风闲。扑面春潮，催花忆取从前。多情梦向江南瘦，料归帆、又远湖山。载斜阳、霞映三分，岸转千年。

扬州慢·登聊城光岳楼怀古

映日危楼，回舟惊鹭，千年陈迹潮浓。望东西商贾，对南北帆篷。更十万、参差家户，九衢车马，声曲杯中。伴年年、落日楼头，谯鼓晨钟。　　乱云卷去，到如今、王谢堂空。任御笔神光，宸章紫气，俱已随风。指点桑田沧海，人间事、镜里匆匆。念青山芳草，消磨多少英雄。

水龙吟·登聊城古城墙

淡烟轻抚斜阳,接天沃野披秋色。金风楼角,骋怀游目,呼鸥携笛。岸柳摇诗,碧湖流韵,四围帆迹。绕城闻暮鼓,朗吟未了,留鸿爪、时光笔。　　浩气舒扬润泽,咀英华、相承文脉。一阶一咏,消磨筋骨,苍颜典籍。辇道通衢,巷连今古,北商南客。仰虚空、几度残碑草隐,笑谈追忆。

永遇乐·登光岳楼

纵目开襟,旷原盈视,淑气柔婉。野草幽香,青林列翠,雨润春沙软。长桥横跨,连廊缦折,岸阔水平帆转。送斜阳、鸥飞霞映,湖色就云天远。　　通瞻泰岱,秉意齐鲁,俊采星驰如绚。武略豪英,志安社稷,何惧头颅断。名儒六艺,典籍之府,沉浸咀华遗倦。对今古、把盏忧乐,遥吟日晚。

沁园春·游东昌湖

云树随心,柳雪寻缘,暖日若芳。望高城旧迹,鸣溪石径,旷原新调,澄镜筠廊。岛接东西,桥通今古,帆远纵横顾影长。流连久,羡弄潮竞渡,钓叟飘乡。　　轻舟短棹徜徉,莫辜负胭脂着靓装。正汀州霞染,惊鱼掷浪,小荷水浣,逸羽携香。惬意枝摇,多情虫语,红蓼青蘋乐未央。披襟唱,对莲波苇海,软荡斜阳。

◆ 刘学刚

忆江南·乡间好

乡间好,紫燕过堂前。两亩薄田犁岁月,一钩弯月诵诗篇。知足乐安闲。

忆江南·乡间忆

乡间忆，醉忆客农家。土灶烧红山味美，泥坛浮绿酒醪嘉。陶菊笑残霞。

天净沙·梦乡

远山石径闲花，白鹅溪水鸣蛙，小院青砖碧瓦。梦乡堪画，再添诗友烹茶。

天净沙·农家晨晓

苍山茂树朝霞，柳桥烟袅农家，喜鹊高枝和寡。月钩虚挂，晓鸡飞上篱笆。

◆ 孙清祖

红船颂

小小红船南湖游，宏图百年搏激流。
天天逐浪迎远航，永远向前闯九州。

◆ 李日助

赞东昌府

江北名城处处扬，东昌府里有华章。
筑先抗日誉三海，马部捐躯传四方。
干部凡森真楷范，女豪海迪好儿郎。
不忘初愿加油干，坚信明天更富强。

◆ 张自军

过东昌府（三等奖）

久闻风景好，欣作鲁西行。水抱东昌府，塔观微子城。四门如凤展，三宝使心倾。岱岳拂云见，黄河豁眼明。千家灯火耀，万亩垄畴平。御笔题楼处，熏鸡悦酒情。时时谈故旧，代代出豪英。更有孔家子，长留雪域名。

东昌湖行

一向东昌湖上行，天光云影逗风情。

游人漫说江南好，不逊苏杭旧水城。

◆ 王志伟

迁楼后老农（新韵）

早惯星星打谷场，阳台不许子安窗。

心情悠在烟锅里，坐品蛙声唱麦香。

◆ 贾来天

沁园春·东昌湖游感

千顷湖波，万束荷香，北国画屏。恰山如眉黛，层层有意；水如睛亮，闪闪多情。八岛风流，一湖水涌，湿地如云能助耕。登舟望，见环流缠带，草树纵横。　　休惊，湖映山明，是光岳楼高罩古城。望朝霞镶岸，绵延翠线；晨风吻水，搅碎金星。湖内环城，城中跃鲤，城水迎人登岛厅。棋盘格，可吟诗弹拨，韵助歌声。

◆ 刘喜成

东昌府区好

绿水悠悠万里来，东昌大笔扫尘埃。
聊城铁塔擎云起，光岳楼联带梦回。
宝地三春存画卷，清风五美共诗台。
鸿图吸引莺啼序，争向神奇放眼开。

浣溪沙·孔繁森同志纪念馆

明月星光照老城，湖光馆影碧波明。当歌红柳引流莺。　　雪域孤儿如子女，高原老媪似娘情。繁森一路爱先行。

沁园春·东昌府区大美

大美东昌，长歌福地，奇迹生根。忆聊城毛笔，海源阁景，傅斯年馆，光岳楼文。新镇争光，古城焕彩，百载繁荣天地新。举红帜，凭万千画卷，闪耀乾坤。　　传承自信基因。更拥抱擎天立地人。展红花绿色，践行宗旨，紫藤青野，承载民魂。示范园区，小康织锦，圆梦初心满目珍。歌胜境，是宜居城市，亮剑精神。

◆ 张立芳

脱　贫

篱笆围院土坯房，转首高楼立几行。
老汉闲茶三两友，一从改革说深长。

东昌府赏玉皇李花畅想

百亩层林唤玉皇,万枝浮动海茫茫。

春风识得冰清意,燕剪裁开玉洁妆。

今日为花天作美,他时结果梦生香。

丰收托起勤劳手,画里轻轻摘小康。

东昌府区张炉集镇云朵庄园葡萄园感吟

葡萄滋味感难禁,且向嘉园清浅吟。

十里画廊藤上果,一条富路眼前金。

党恩润色红成梦,众口尝鲜甜到心。

贪吃不忘融入墨,酿来诗酒醉知音。

◆ 于志亮

情寄光岳楼

欲赋新词谒凤凰,情丝却比语丝长。

聊投小令为湖水,半绕重楼半映光。

◆ 罗 伟

聊城毛笔

自古聊城笔,精良天下知。

法犹承仲将,名已动康熙。

入木锋常劲,濡毫思易奇。

江山今正好,赖汝遍题诗。

◆ 聂振山

咏东昌葫芦

根扎东昌自感骄，遗来千载梦迢迢。

凌空风雨俱为客，落蒂裁雕堪胜箫。

莫小奇身作凡看，能将外汇换筐挑。

当年抗日军营渴，功把运河收尽瓢。

◆ 蔡浩彬

沁园春·东昌府新貌

前辈传奇，革命英姿，俊彦万千。想傅君博学，雄开风气；孔公慷慨，兼济民艰。人物交辉，山川并秀，放眼春潮天地间。韶华好，记明清盛绩，今古联翩。　　东昌府里争先，恰建党嶙嶒奋百年。叹抟摇鹏翼，凌云意概；驱驰骏足，创业时贤。光岳烟晴，运河雨霁，文旅融春景象妍。情欢洽，待挥毫泼墨，再谱鸿篇。

◆ 马明德

咏东昌古城

城在湖间湖在城，翠波映照碧空明。

几疑身处江南地，醒我多亏方语声。

印象聊城

浩淼烟波接碧空，威尼斯比又非同。

鼋梁游艇繁因水，宝塔悬铃响借风。

仰视彩虹叹贝玉，名楼俯瞰吊英雄。

崇文敬止季齐奘，尚武慕思张自忠。

参观孔繁森事迹展览感怀（新韵）

常言忠孝古难全，影像面前珠泪潸。
三赴边陲担义事，两归桑梓侍慈萱。
梳头剪甲陪唠嗑，跪地辞行离故园。
雪伴为民谋富策，高原洒血沃河山。

临江仙·登光岳楼

如愿鲈肥临阆苑，凭栏哑舌瞠眸。四方鳞瓦缀长楸。一湖翡翠，覆雪荡飞舟。　　指顾北邻幽静处，将军勋迹齐讴。英魂青史炳千秋。隔湖远眺，林囿矗云楼。

◆ 李兆海

鹧鸪天·东昌府

真真霸气水云乡。稳中筹划不辞忙。扶贫精准兴宏业，致富殷勤奔小康。　　心自远，梦何长。文明共建各成章。百强榜上名犹在，一任东风万里航。

◆ 纪福华

燕春台·东昌府区十里铺新村南水北调工程搬迁脱贫

站在天堂，人间眺望，云河万里流奔。豪迈红娘，黄河扬子联姻。且看万里千军。倚春秋，镰斧齐抡。劈天开地，风光之处，重织经纶。　　而今洞府，除却糟糠，换筋换骨，全部更新。扶贫厂子，谁言只造金银。南北山珍，着唐装、比我精神。莫需喷，销货如闪电，网上红人。

定风波·东昌府区用"芳香经济"助推乡村振兴感怀

万朵芳香一脉魂，只为四季脱穷贫。大爱搓成天上种，唯恐，人间不唱满园春。　韩集词笺花海撰，漫卷，红旗遍插九州新。书记仍存淮海貌，叫好，用心酿蜜向山民。

临江仙·乘高铁

弹头高铁乘光速，闪电穿越河江。万千风景洗车窗，未闻花海已心香。　车外高温车内冷，半条毛毯还凉。香汤犹暖未曾尝，已停西站到东昌。

◆ 王海清

游东昌书院

依山傍翠东昌湖，闲听书声尚未休。
千叠楼台停鹤影，百年况味入吟眸。
学风不负仁风厚，国脉还凭文脉稠。
放眼云天鹏翼展，笑看砥柱立中流。

在东昌

帘开暮色东昌城，灯火余晖各半明。
楼馆时闻猜酒令，广场初动遏云声。
漫看鸥鹭眠胭脂，欲溯江流上河清。
正是人间好仙境，且从客路认归程。

◆ 郭小鹏

山陕会馆（新韵）

门楼肃立古槐间，聚此仁贤皆蔼然。
馆纳故人和远客，檐呼晋水与秦山。
历经多少繁华事，铸就浮沉风雨篇。
虔敬关公行大义，由来大义可参天。

参观孔繁森同志纪念馆（新韵）

东昌湖畔柳婆娑，我秉丹心向楷模。
君自浮生行磊落，人从往事叹蹉跎。
高原风记身和影，雪域路通家与国。
遥望青山魂亦在，狮泉河水泛苍波。

◆ 高凤梅

水城夏夜（三等奖）

湖光碧透水连天，月色如银映画船。
十里荷香风似酒，古城半醉卧波眠。

水城春日

古城连水水连空，春漾湖漪酒万盅。
劝饮频频将醉倒，人扶垂柳柳扶风。

假日游故里环城湖有作（新韵）

难得无事一身闲，且泛轻舟碧潋间。
岱岳岩岩犹可望，胭脂楚楚尚堪怜。
寨扎水畔横生趣，岛嵌湖心另有天。
何必他乡匆揽胜，故园风物要详观。

咏东昌古城

湖抱人家十里连，青砖黛瓦古风延。
伞撑雨巷江南地，楼仰云霄岱岳巅。
阆苑瀛洲烟岛上，红荷白鹭石矶前。
山河锦绣当全保，英烈追怀范筑先。

咏毛泽东

莫言投笔再从戎，万里征吟磅礴风。
国势阽危成砥柱，战云密布举旗红。
驱倭有术江山外，拯世无遗水火中。
龙魄长城存胜迹，谁人功业与君同。

咏中国共产党

国步艰危气混沦，开天辟地转鸿钧。
统筹战术平倭荡，粉碎阴谋扫蒋尘。
农得丰年收黍稷，政敷新制布阳春。
殷民昂首康庄道，赤帜高擎更有神！

满江红·庆祝中国共产党成立一百周年

满目疮痍，金瓯破，主权沦丧。风云黯，心灯不夜，身交吾党。持握钢枪戡蒋叛，拔寨日帜平倭荡。迫厄除，统战力排山，鸿钧畅。　　兴改革，筹开放，人为本，公为上。养民于盛治，小康之象。创异标新才万里，复兴追梦情千丈。百年功，青史炳旗红，寰球仰。

沁园春·庆祝中国共产党成立一百周年

战乱频仍，蒋匪凶顽，日寇肆横。望残垣断壁，切忧华夏；腥风血雨，惟念苍生。淬火求真，舍身取义，推倒三山旧势崩。国初立，且鸿基肇建，常式难凭。　　农分土地欣耕，九万里鹏抟百业兴。赞城乡绩茂，阳春有脚；弱穷根绝，隆治飞声。换斗移星，巡天探海，外域宾来仰大成。逐新梦，阔步康庄道，赤帜高擎。

◆ 赵　青

齐天乐·谭庄水库（三等奖）

一湖澄碧无人览，春晴独开秦鉴。翡翠遥横，玄黎近列，次第天光匀染。浮鸥数点。正翎试波心，欲张还敛。底事风来，却教遐思速收缆。　　须臾宫绸劲飐。飐时浑未觉，堆雪弹剑。惹得吟魂，轻将落魄，沁入盈川浓淡。何期画罨。自南岸惊涛，北漪铺箪。急缓谁知，蝶心犹半掩。

登光岳楼

鲁右藏形胜，巍巍余木楼。

有光承岱岳，归梦接河流。

环眺千年近，独嗟方寸悠。

人家棋布里，得失一风瓯。

秋游东昌湖

闲云徙倚挽晴飔，光岳青眸向晚痴。

芦荻几丛藏欸乃，涟漪万顷晕胭脂。

魂消倦鸟归巢处，影摄孤轮敛袂时。

今夕漫猜是何夕，西风一缕说栖迟。

初春重访植物园

依稀柳眼梦方苏，相与东君过角隅。

汀鹭影孤偏自在，荷塘泥暖尚荒芜。

半天馀暇双趺迹，十里泉林一个吾。

漫道春寒无好景，清风雅绪对萦纡。

家乡礼赞（二首）

一

自古家园一望平，香车布履往来轻。

明珠任佐茶和酒，光岳长凌晦与明。

四野璇玑人织就，满城风景水调成。

登楼每见天翻覆，暗庆行身此处生。

二

前世虔修此地投，能教得失放歌喉。

百年正道如过隙，一叶轻舟可解愁。

帆影时谐鸥鹭影，鬓秋长让荻芦秋。

多情最惜云霞色，时引钟声出古楼。

蝶恋花·再访植物园

赤日炎炎何处避，记得南塘，十里风光异。重访谁期清梦碎，青裙粉靥皆憔悴。　　悄问卿卿因底事，病叶残花，未语先垂泪。当日无知思入世，而今忍受红尘累。

天仙子·重九独游植物园

半日馀闲重九可，南浦重邀芒履过。莲池十里望如何，花尽堕，叶初破，浅水悄将云影接。　　不怨风光消婀娜，唯惜再无人染涴。西风起处鹭翩翩，枫宴座，霜笼火，景色一川皆属我。

蝶恋花·徒骇河之仲夏夜

流水潺潺风簌簌，向晚沙滩，勾住行人足。断续蛙声惊荻竹，几痕渔火摹纹縠。　　徒倚桥头回两目，城里霓虹，变幻何其速。幸有蜗居城外筑，一轮明月同幽独。

江城子·重游四河头

流年三十去泠泠，载沉星，载啼莺，更载芳菲，一岁一枯荣。唯有眸中人照旧，身矫捷，语娉婷。　　得闲携手溯溪行，柳还青，雀休惊。迹蹈源头，桥堡老伶仃。谁写心情冬日里，风浅浅，水盈盈。

◆ 李兴来

严冬湖畔步赵英杭先生韵（二等奖）

长堤十里绕平沙，萧瑟人间日影斜。

独立苍茫谁共我，前滩飒飒老芦花。

与谭庆禄先生陪郭纪涛、周粟庵、陈少丽诸诗家登光岳楼有作

万里人方至，高楼入眼青。

拾阶堪就日，对水已分屏。

箫鼓归沉寂，烟波接浩溟。

应知云路远，浊世几飘零。

东昌湖随笔

杨柳烟深眼欲迷，一湖澄碧野云低。

斜阳寂寞人犹在，憔悴东风十里堤。

题胭脂湖

碧波一望入空青，掩映长桥傍短亭。

时有黄鹂鸣卧柳，偶携绿蚁慰飘萍。

浮生沉醉荷犹淡，新句低哦暮已暝。

最是清风吹不尽，薄衫怯怯水泠泠。

◆ 高怀柱

重游东昌湖

不觉身行远，为怜绿更稠。

花香洲上溢，云影水中流。

近岸频分柳，迎风每看舟。

向我频频语，应是旧沙鸥。

谒孔繁森纪念馆

不计西行万苦辛，全凭宗旨振精神。

送衣山里暖贫户，献血床前医病身。

公仆情怀融雪野，狮泉河水润阳春。

初心永葆长征路，光照中华筑梦人。

东昌访友人村

一湾水映画中楼，宅置江边景色幽。

鸥鹭常临来柳岸，禾苗浓绿漫田畴。

窗含桃李莺轻唤，架满诗书客欲留。

缕缕花香风每送，白云飘过也温柔。

村中诗友

春描艳丽满田花，秋获缤纷七彩霞。

电灌句成畦畔路，机耕韵入雨中蛙。

垄边唱熟粱和豆，月下吟香果与瓜。

最喜访诗三五里，沿堤穿柳到陶家。

◆ 秦雪梅

行香子·东昌湖泛舟

南有西湖，北有东昌。环城碧、千古泱泱。平添风味，意韵悠长。看柳飞花，花逐水，水流香。　　轻舟泛过，葫芦小岛。漾滟波、撩动心肠。未知此刻，身在何方。或云眉黛，诗封面，画中央。

◆ 卢玉莲

游东昌湖

极目揽娉婷，湖天一色青。

桥长横玉带，城古叹仪形。

回棹帆犹鼓，凭栏梦未醒。

波光浮潋滟，千载愈空灵。

聊城山陕会馆

运河依旧柳垂纶，风物长留入眼新。

节义信诚堪美誉，仁和中正谓斯人。

生财循此方为道，立德无孤必有邻。

历久欣知千里骥，联盟托起两家春。

三访孔繁森纪念馆

辗转何辞客旅辛，感君赤子梦犹纯。

雪原萦系民生苦，汗水浇开阿里春。

忘己况怀风两袖，倾情应负重千钧。

长青松柏证肝胆，无愧铮铮大写人。

访范筑先纪念馆

松柏苍苍映日红，石碑历历记勋功。

千秋青史谁知己，两代丹心独数公。

聆教已堪悲死节，捐躯犹可绍遗风。

欣看络绎往来者，稽首连连始未穷。

夜游水上古城

独爱层城夜枕波，晴空璀璨泻银河。

生辉只道明珠玉，炫目犹疑晋绮罗。

水土一方滋俚语，宫商几处漾笙歌。

巍然最是楼端肃，接地凭将云影摩。

登光岳楼（新韵）

登临值此暮云平，绚彩雕梁恰引睛。

若许飞檐舒鹤翼，如潮解语助秋声。

贾帆几度倾华盖，泰岱依然作翠屏。

况复鼓消闻海晏，谁人不欲访聊城。

一剪梅·水城明珠大剧院

嗟叹佳人出镜湖。天是伊庐，波是伊裾。秋风遣柳作金梳，怯抚云鬟，怕损凝肤。　　迥韵当惊剧院殊。大吕锵锵，大雅如如。惠民着意种鸿梧，荟萃中西，竞享唐虞。

水调歌头·登聊城光岳楼

阔别十余载，今日复登楼。波光云影依旧，渐次入睛眸。四顾城门耸峙，遍是名商荟萃，宛似梦中游。望处每嗟叹，直拟荡轻舟。　　红尘中，天地外，欲何求。吟边惟许，凭临偕与话春秋。试想纭纭迭迹，莫不匆匆过客，起落几沙鸥。独有浩然气，千古竞风流。

◆ 李海霞

东昌疫后收秋

处处争先奔小康，秋收时节总匆忙。

桑麻割罢归来晚，和着蛩音煮月光。

逢党建百年过光岳楼

依稀遍迹写东昌，云动风驰日月长。

人士千年尘土散，一声钟鼓送斜阳。

鹧鸪天·逢党建百年过东昌农家

自古东昌绿色乡，辣椒红火谷金黄。山鸡飞上篱笆架，土灶升腾饭菜香。　　心漾蜜，味盈肠，农家楼院任徜徉。坐听风动萧萧竹，醉看青山衔夕阳。

鹧鸪天·逢党建百年过东昌湖湿地风景区

一

大美漓江久盛名，天蓝云白水波清。蒹葭采采鱼虾戏，菱藕鲜鲜鸥鹭迎。　　徐漫步，缓骑行，荷风款款送蛙鸣。心随轮转疑仙境，绿地悠悠载梦轻。

二

　　湿地湖波远接天，悠然一棹破云烟。芙藻绰约神仙境，鸥鹭翩跹大自然。　　登小渚，采红莲。垂丝柳下钓悠闲。余生惟愿此间住，做个游鱼醉浅滩。

◆ 卜宪民

大运河

沃野茫茫齐鲁间，青纱帐立远山连。
南来扬子一江水，北去运河千里船。
翠拥田园晴秀色，风生草树绿摇烟。
更看属序秋分后，户户农忙九月天。

◆ 于志超

庚子秋游东昌府

史载东昌久慕名，为聊故事到聊城。
京杭漕运繁华地，岱岳光熙袍泽情。
晋陕商民留会馆，康乾驻跸设行营。
连天一碧沧浪水，叠起烟波照眼明。

◆ 崔春杰

礼赞东昌府区

栋栋新区运河旁，村村共写富民章。
古楼光岳湖中立，光伏电容房顶装。
江北水城云网密，东昌企业订单忙。
黛墙青瓦映新翠，熙攘香江入画廊。

◆ 卢旭逢

临江仙·赞东昌府

傍水城区如画美，四时花绽芬芳。明湖平镜映天光。运河潮起，相送往来商。　　乘势挂帆争逐梦，风华百载歌扬。云蒸霞蔚醉康庄。红心向日，携手谱雄章。

◆ 宋贞汉

临江仙·福满东昌府

莺唱东昌湖碧，蝶迷沃野花香。黄河两岸画张张。名牌身上下，家轿院中央。　　大运翻弹春曲，小康不羡天堂。熏鸡已厌海鲜尝。葫芦装幸福，毛笔赋新章。

浣溪沙·东昌府农家

宅近黄河百卉香，轿车停在院中央。熏鸡已厌海鲜尝。　　逐梦图描濡汗水，健身舞跳醉霓光。新闻看罢赋诗章。

沁园春·东昌府展貌新妍

千古名区，历尽沧桑，万象焕新。望畴荣水秀，时时入画；楼高路阔，处处流熏。代步车驰，休闲舞跳，化罢时妆才出门。今生活，溯东昌府史，无此欢欣。　　小康绮梦成真，赖百载锤镰立巨勋。想当年苦难，黄河吞咽；今天好景，大运歌勋。街道盈春，乡村绽蕊，福路朝阳醉了云。征程续，誓永恒跟党，勇往前奔。

◆ 吴成伟

谒孔繁森纪念馆有感（新韵）

东昌湖镜百年看，齐鲁文明孕好官。
爱洒高原皆化碧，情融雪域可流丹。
跋山涉水勤察访，济困扶贫共苦甘。
惟抱初心多奉献，人生方著伟奇篇。

◆ 张秀娟

鹧鸪天·美丽东昌府

魅力东昌气象殊，鲜容竞色满街衢。乡村步入新时代，生态皴开美画图。　枝染绿，果描朱，朝阳映水似金铺。小城迈上康庄道，一路春风绘锦都。

◆ 耿振军

红色聊城赋（二等奖）

鸿蒙创，混沌分；郡县治，天下安。自春秋而得名，三易其地；缘历史而替递，一脉相传。风雨兼行，凤凰城能攻不陷；血火洗礼，东昌府履历其艰。宋景诗鲁西抗粮，寿张县王伦揭竿。徒骇河边，太平军损兵折将；梨园屯里，义和团示威亮拳。迨至近代，禹甸涂炭；历经磨砺，生民多舛。西鲁英雄，凝爱国之情怀，秉尚武之血性；革命儿女，传红色之文脉，救社稷于倒悬。

峥嵘岁月，遍地狼烟；仁人志士，宏猷开篇。难忘京华青衿，天安火炬；最忆沪上赤子，嘉兴红船。曙光初照，光岳锤镰频闪；东风劲舞，凤湖一帆高悬。五四乍兴，三师二中群情激愤；学潮叠起，临高寿冠举帜声援。忆昔军阀混争，战尘滚滚；难忘勇士挥剑，血迹斑斑。聂子政先入组织，是为前卫；杨耕心首创支部，堪作中坚。率兵勇而纵横，先驱引路；踏血火而叱咤，星火燎原。高唐谷官屯，旗帜先树；袁楼党支部，英名远传。首布火种，张存礼传播马列；组建武装，金谷兰改造红团。保家卫国，情唯百姓暖热；匡扶正义，心系社稷危安。斗豪强与劣绅，反军阀之混战；废苛捐与杂税，争独立和民权。

红色土地，英才辈出；千秋模楷，光昭人间。赵以政投笔从戎，功标日月；张郁光慷慨赴死，血荐轩辕。坡里暴动，王寅生义诀刑场；东节举事，卧龙寺名震莘南。坚贞不屈，四五烈士宋占一；鞠躬尽瘁，回族女杰黑若仙。国难当头，赵健民出生入死；临危不惧，金方昌大义凛然。徐门三烈士，前仆后继；回媛七女婿，恐后争先。孙立民德才兼备；吴亚屋智勇双全。肖永智崇文尚武，李朝杰身残志坚。毁家纾难，解占柏倡民族大义；济贫杀富，荆维德曾绿林伟男。冲锋陷阵，李恩庆智旋敌占区；舍生忘死，孙秀珍堪比刘胡兰。英勇斗敌，马本斋壮举惊敌胆；决眦守土，范筑先豪气冲云天。北杨集一村七英雄，丹心照青史；张道顺抗日三兄弟，热血洒尘寰。

众志成城，血沃中原；军民一体，根脉相连。矢志如钢，英雄血染红土地；赤帜似火，僻壤誉称小延安。昼伏夜击，东进支队观城毙敌；神出鬼没，军分二团刘马锄奸。游击健儿，斩崔巍而柱天阙；抗日英烈，化长虹而荡云间。八路军血战赵寨子，游击队斡旋茌平南。万众同悲，塔头村追悼壮士；八乡齐动，王当铺伏击敌顽。是役悲壮，孔村突围腥风起；此战惨烈，苏村狙击血雨翻。心系中央，徐运北七大延安献礼；慷慨激越，邓小平冠县抗战动员。朱司令观城听取汇报；刘致远运东配合济南。排山倒海，刘邓大军黄河抢渡；推车抬担，老区百姓踊跃支前。护伤员，做草鞋，妯娌联手；捐衣物，献钱粮，军民并肩。石门宋首设互助组，群情激奋；刘桥村建立征兵站，队伍扩员。母别子，妻送郎，父子上阵；爷望孙，少辞老，兄弟同连。

今日聊城，日新月异；建设改革，捷报频传。共和肇基，听九州歌起；五星旗艳，看四海腾欢。运河古都，浴血重生，绿茵大地；江北水城，战火洗礼，貌换新颜。丰碑高矗，观光岳之巍巍；运水长流，引碧波之潺潺。革故鼎新，无私无畏；启来继往，克勤克俭。芦振龙舍己擒凶，徐本禹热心支教；张海迪青年榜样，孔繁森干部标杆。聊城儿女，欣逢盛世；传承固本，跃马扬鞭。进取如大鹏展翅；征远似健鹿奔泉。解放思想，万船争渡；提升发展，百舸竞帆。引万众一心，书写百业壮举；承先辈遗志，挥洒时代新篇。不忘初心，砥砺前行，壮家国之殷裕；莫负大地，甩膀实干，绘日月之斑斓。

《共产党宣言》赋

研精探微，巨制宏篇；振聋发聩，共产宣言。夫资本发轫，利欲熏心；关系相背，龃龉愈宽。贩奴船散资本之血腥；羊吃人演圈地之凄惨。工业革命，生产曾一度发展；思想解放，社会呈一时盛繁。空想盛行，称科社之缘发；工运迭起，昭无产之愈坚。工农联手，锤镰光芒熠熠；马恩并肩，共产理论煊煊。

曾几时，曙光初照，幽灵环游欧洲；旋又见，飙风驰作，星火渐成燎原。革命领袖，探剩余之规律；光辉著作，陈私有之弊端。宣唯物之思想，行理论之前沿。揭剥削之玄密，倡无产之结联。破旧世界之牢笼，碎无产者之锁链；摧资本家之桎梏，扬新社会之风帆。至于分析透彻，创阶级学说之奥妙；逻辑严密，论工人任务之巨艰。文明导师，立千秋之灯塔；亲密战友，树万代之标杆。经典学说，掀工运之高潮，责无旁贷；暴力革命，铸摧古之长剑，使命在肩。

于时革命形势壮阔，马恩著作助澜。可记否，无产联合之歌声，巴黎公社之巷战；犹难忘，炮轰冬宫之场景，阿芙乐尔之舰船。硝烟弥漫，两次世战历劫；共产联合，三个国际扬帆。从空想到科学，寰宇旋起狂飙；从理论到实践，历史又开新元。从一国到多国，世界风云变幻；从初改到深改，东方大国领先。东欧雪暴，苏联剧变，共运多历曲折；改革春风，开放新局，神州拥抱蔚蓝。

忆昔孙中山大英读巨著，朱执信《民报》解经典。罗章龙译经传宝，陈望道嗜墨挥汗。毛泽东博古通今，百读不烦。周恩来一线穿云，愈见姣妍。刘少奇之启蒙老师，朱玉阶之贴身伙伴。邓小平震撼真理的力量，身许革命。习近平讲述味道的甘甜，手不释卷。夜以继日，目视心存；学而致用，思敏行践。故而中华勇士，方立主义之坚；共产党人，恒行信念之远。一代伟杰，塑理想于心胸；千古英雄，播正气于霄汉！

大道之行，天下为公；人心所向，使命在肩。巨著放光芒，思想漫禹甸。难忘五四火炬，嘉兴红船；南昌枪声，抗日硝烟。井冈山之翠竹，西柏坡之誓言。开国礼炮震空，抗美援朝凯旋。小岗村按下红手印，东方红跃升艳阳天。航母斩波，蛟龙入海；嫦娥奔月，卫星巡天。立党为公，聚焦强基固本；执政为民，致意绿水青山。和平外交，倡共同体之愿景；大同理念，促全人类之团圆。盛哉，《共产党宣言》，指大道之康庄，领舞世界舞台；伟也，无产者宝卷，绘宏图之雄阔，当登珠峰之巅！

"五一口号"赋

泰山巍巍，歌历史之有情；黄河滔滔，唱岁月之无眠。天佑中华，名圣启忧；地载禹甸，邦国多舛。昔卢沟月冷，魑魅践土；日寇蹄寒，魔鬼犯边。国共联袂，军民抗战，壮士浴血，驱敌除顽。倭寇虽降，阴霾未散；妖魔乱舞，重雾弥天。两条道路，诸多选择；神州巨船，知向谁边？一方是践踏民意，独裁挥鞭：下关惨案，令人扼腕；李闻喋血，较场剧惨。一方是红旗遍地，彩霞满天：人民武装，高歌猛进；金光大道，正义扬帆。

中共挥手，书历史之宏篇；民主发声，反独裁之统治。沈氏建议，悉心把脉识大局；嘉庚之说，立秉慧眼看时势。于时中共中央，高瞻远瞩，通电全国，彪炳民意。携群力而殷殷，顺潮流而惕惕。拟建联合政府，应乎民心；迅集"五一口号"，发于媒体。诉独立之初衷，扬民主之旌旗，展和平之愿景，申统一之意旨。兴政治协商，共谋大策；携民主党派，同商国是。风雨同舟，和衷共济；民主监督，集思广益。致电李沈，毛公尊友党领袖；电示名单，周公邀民主人士。共产党登高一呼，立擎天之伟柱；民主党四方响应，奠协商之政体。一党领导，指点江山；多党合作，共绘旖旎。持高远之立意，秉真诚之合作；倡民主而建国，乃盛世之新举。开天辟地，谐笙磬以和音；务实求真，采八荒而并蓄。三大法宝，一路高歌猛进；统战思想，宛如圣火延续。初心不变，处核心而成中流砥柱；伟业长新，求团结乃筑铜墙铁壁！

而今大国扬威，小康行健；四方协力，康庄衢通。万民抒怀，同筑骥梦；八党同心，不改初衷。建功立业，宏图初展；修齐治平，睡狮猛醒。浩浩江山，云蒸霞蔚；泱泱大国，邦富民丰。新核心，新方略，新时代，新征程，同心同德，居其所而众星聚；好朋友，好参谋，好同事，好帮手，群策群力，人心齐则伟业兴。赞曰：

"五一口号"，民主春风；制度自信，巨龙腾升。中共领航，功昭日月；万方协力，言炳丹青。聚焦辉煌，抓铁留痕；致意献策，踏石有声。领异标新，中国特色；并肩携手，天下大同！

万隆会议赋并序

1955年4月，中华人民共和国与印度、印度尼西亚、缅甸、锡兰（斯里兰卡）、巴基斯坦等29个亚非国家与地区政府代表团，聚于印度尼西亚万隆。中国代表团团长周公大会慷慨陈词，阐中国政府独立和平之立场，并倡"求同存异"之方针，奠会议成功之基础，破中国外交之坚冰，此里程碑也！赋以志之。

岁在乙未,序属暮春。杂花生树,旷野飞鹰。夫援朝甫息,抗美初胜;共和肇始,百废待兴。观乎世界风云,水深雾重;政治舞台,波诡云腾。美苏交恶,寰球同此凉热;殖民霸权,弱国奋起抗争。南北差距,贫穷乃一大痼疾;东西对峙,资社成两大阵营。大国觊觎,冷战思维,争弱小而主宰;苏美争霸,新殖主义,建基地以欺凌。亚非诸国,破外交之围堵;第三世界,挣殖民之牢笼。抱团取暖,联被压迫之民族,迫在眉睫;通无联有,定共发展之妙策,共谋前程。

于时印尼发轫,五国联席;中国受邀,八方联议。商大略于万隆,定锦囊于旖旎。周公稳舵,拖病体而周旋;苏氏把航,定大会之主旨。总理忠心赤胆,安邦定国;雄才大略,经天纬地。先访印缅,立君子之协定;后赴印尼,奏和谐之序曲。鞠躬尽瘁,英雄胆识;大义参天,浩然正气。不顾阻挠,冒南中国海之雾迷;力排众议,揭克什米尔之暴戾。破美帝之伎俩,讨蒋顽之卑鄙。置生死于度外,天竺再度登机;怀经纶而行远,岛国又行博弈。际会山城,终迎三百使节云集;筹划未来,同欢二十九国齐聚。

至若会议之初,百家论道,各抒己见,一团乱声。美帝挑拨,宣天朝之威胁;小人离间,耍阴谋而逞凶。明枪暗箭,众说纷纭;南来北往,唇舌交锋。或别有用心,沆瀣一气;或受人指使,狗苟蝇营。或摇摆不定,首鼠两端;或随波逐浪,鹊躁鸦鸣。一时间僵局再现,各相径庭;争论迭起,众味难同。

幸有周公睿智,建筑高屋;大国雄风,苦心孤诣。怀远见,藏卓识;顾大局,护大体。执纲举要,护人权而倡自决;苦口婆心,论和平而维独立。渴求勠力,以防节外生枝;巧避锋芒,屡倡同中存异。持自主之立场,阐合作之得失;说平等之规则,反殖民之主义。包容中坚持原则,柔克刚也;和解中不忘进取,进亦退矣。言之谆谆,忆痛苦与灾难;述而铮铮,释疑虑及恐惧。争解放,求幸福,促团结,建厚谊。赫然发声,十项原则昭昭；慨然响应，万隆精神熠熠。平轩然之大波，缓气氛于松弛。韬光养晦，化干戈为玉帛；折冲樽俎，促亚非于一体。

伟矣，亚非会议，历史之转折；盛矣，万隆精神，外交之真谛。破一时之僵局，臻亚非之体系。华夏风采初显，亚非团结幕启。挫分裂之阴谋，维相向之秩序。扬反殖民之旗帜，开不结盟之先例。和平共处，堪外交之圭臬，乃千秋之遵循；求同存异，本合作之基础，树万世之真理。诚可赞也。

孔繁森赋

狮泉蓝，凤湖澈；冈底高，光岳雄。风云聚会，旗扬禹甸；日月交映，旌表丹青。人民公仆，入莘聊而尽义；援藏干部，连藏鲁以传情。

身出寒门，知市井之冷暖；长于新政，念家国之恩情。初志电化兴农，先考技校；后经熔炉淬志，投身军营。奉赤子心以助人，怀鸿鹄志而凌风。入团入党，是五好战士；精骑精射，乃部队标兵。学毛著，当模范，立标杆，效雷锋。旋复员而赴厂，工称勤谨；缘优秀而转干，人夸精英。

其德也高，高于山之珠峰。两度进藏，远离桑梓；三次抉择，伟岸人生。擘宏图，挑油灯；临高原，问民情。堪比菩萨，施仁爱于藏胞；胜似活佛，留高原以英名。舍小我以顾大家，举跬步而图远征。开拓创新，担一肩明月；求真务实，怀两袖仁风。视藏娃为己娃，输热血于孤病；老吾老及人老，暖冷脚于己胸。涉水跋山，牵肠挂肚乎庠序；嘘寒问暖，促膝谈心于帐篷。礼帽拐杖小药箱，戏称三宝；寒风积雪羊肠路，乃是常情。

其风也清，清于藏之狮泉。昆仑莽，铸铁骨；风雪烈，炼铜肩。进退不忘乎使命，俯仰无愧于地天。修身以正，用权以严，为政以公，做官以廉。身披猎猎寒风，情洒皑皑雪原。顾大局而赤诚向党，听指挥则快马加鞭。至于丹心为国，废寝忘食；勤政爱民，披肝沥胆。立足雪原，恪尽职守，两袖清风，一尘不染。秉虚竹之襟怀，透寒梅之风骨；持劲松之气质，成君子之风范。雪域高原，演绎人生风采；丹心热血，描绘宏图灿烂。

其品也洁，洁于水之芙蓉。尽职尽责，定规划于案牍；亲为亲力，听乡闾之民声。敬老院里，洒万千关爱；边防哨卡，扬雄壮歌声。农牧校园，行行足迹；贫牧家庭，缕缕春风。九十八乡田与路，历历在目；十六万里云和月，依依深情。阿里雪莲，历苦寒以吐秀；水城清荷，浮碧叶而葱茏。出淤泥而不染，居狭塘而自清；举彩蕊而斗艳，经风雨而争荣。碧血丹心，染就血火之色；精魂铁骨，铸成锤镰之诚。藏汉一家，挺连理之瑶枝，绽娇颜于日曜；东西合璧，若鸳鸯之并蒂，映清波以霞红。

其气也伟，伟于鲁之泰岱。难忘岗巴马烈，援藏之伟志难撼；犹记贡嘎车危，高原之挚爱不改。阿里雪飞，几历生死考验；哈达情懋，深受百姓爱戴。生命之树，每自诩边关之砖；身先士卒，全不顾年过半百。骋怀逐梦，翱翔旷野，欲斩高原长龙；撸袖挥旌，叱咤风云，可断昆仑山脉。八元遗产，彰家庭之清贫；一纸遗书，昭心胸之豪迈。惊天地，泣鬼神，堪壮士之举；震河岳，撼阴阳，真英雄气派。

天命之年，撒手人寰，光岳变色，凤湖易颜。难抑悲痛，垂首之冈底；共话景仰，呜咽之狮泉。哭其品行之洁，绘其忠心之丹；书其霹雳之威，诉其磐石之坚。功震日月，宛江海之波涛；情连齐鲁，如云霞于天边。

爱党爱国，人民至上；无私无畏，奉献一生。葆公仆之本色，守道德之准绳。巍巍丰碑，彰显品格高尚；悠悠足迹，诉说肝胆忠诚。伟哉，繁森，柱生命之雄放；壮哉，繁森，扬正气于恢弘。

郁光赋

锤镰耀，马列张；山河郁，日月光。

精神火炬，革命先锋；抗日英烈，民族精英。常念五四精神，旌旗猎猎；誓做中华勇士，铁骨铮铮。未名湖畔，伟志初立；青龙桥头，义愤填膺。几经周折，三一八初逃魔掌；屡立战功，大革命投笔从戎。随劲旅以出征，长剑出鞘；踏血火而叱咤，北伐先锋。

教鞭轻扬，立杏坛而播种；口吐锦绣，传马列而驰骋。孔孟旧府，孕红色之摇篮；小莫斯科，播进步之雅声。筹建工字楼，别出心裁；人誉红二师，遐迩闻名。遭通缉，赴北平；受迫害，泊东瀛。寻救国之真理，抗日寇之暴行。铁血报国照丹心，堪为壮举；豪气荡胸震河岳，真是英雄。

立志救亡，赴汤蹈火；良心抗战，尽瘁鞠躬。怀锦囊，安妙计，负使命，任总参于军旅；出徐州，闯武汉，赴聊城，助抗倭之范公。铁肩担道，鲁西北守土明志；甲胄裹身，凤凰湖卫国争锋。义薄云天，鏖战万寿观前；行标史册，喋血府前胡同。决生死以尽忠，恨遗陋巷；如凤凰之重塑，气贯长虹。

赞曰：泱泱河山，郁郁其光。抗日英烈，灼灼其芒。殷殷红心，青年榜样；铮铮铁骨，民族脊梁。胸怀天下，抗日救亡。精神永存，万古流芳。我辈当起，奋发图强。建设祖国，责任担当。

中国高铁赋

中国高铁，飙风驰作；大国重器，纵横捭阖。自行筹谋，自行推研，自行投发，自行运营，龙腾虎跃舞动盛世风采；中国标准，中国速度，中国技术，中国印记，电闪雷鸣奏响大风长歌。

中国高铁，中国速度：穿云破雾，驰电追风。朝发白帝，午看迪士乐园；晨起泉州，夕至布达拉宫。长路迢迢，窗外十秒不同景；笑声盈盈，车内四季尽春风。彩云之南，山海之东。三秦地大，八闽山崇。未闻猿啼两岸，已越关山万重。忽叹婺源秀色可餐，又觉井冈翠竹凌风。才别崂山道士，又观南海胜景；拜完巫山神女，倏遇西湖苏公。刚别江南秋色，又瞻塞上长城。听刘三姐歌声悠扬，观蒙古包姿态玲珑。巴山蜀水，丝路花雨；塞北江南，绿野仙踪。重庆大碗茶余热未消，武汉热干面香气又腾。

中国高铁，中国奇迹：垂史标风，揭旗扛鼎。引进消化吸收，科技改变生活；安全舒适便捷，服务充满人性。细检细修，信号有卫星传播；联调联试，列车靠三维调控。无砟铁轨，铺设平稳；精工作业，打磨无缝。超自我以争先，战困苦而竞胜。诸葛亮作图，公输班监工；二郎神架桥，土行孙打洞。羡设计之完美，夸服务之真诚；攀科技之高峰，寻通幽之捷径。风洞实验，数据精微；外形设计，美观实用。统筹性安排，路桥之工程；精细化处理，轮轨之效应。一体化布局，打造经世坦途；人性化设计，聆听时代脉动。

中国高铁，中国气势：排山倒海，惊雷震霆。辟榛莽，驱虎罴，战鲸浪，斗飓风。天路错撩而盘旋，疾车跨谷而逞雄。雷霆万钧，北疆倏至南海；双练千里，云壑渐成彩虹。盘山腰而越金溪，穿海底而藐龙宫。宛如蛟龙出洞，又似鲲鹏翔空。吴刚愕，嫦娥叹；共工羞，神女惊。莫言蜀道难，如今天路通。弓弦飞驰，蓝天上描绘画卷：铁轮撒野，浩瀚中舞动神龙。观白云之出岫，察高岳之倚雄。激博大之胸襟，须臾间而掩没天地；蓄洪荒之伟力，瞬息中而抖扬威灵。

中国高铁，中国梦想：国家富强，民族复兴。春运之主角，时髦之出行。超越梦想，跨越时空。连四海之城镇，堪称丹青妙手；筑神州之梁桥，点缀碧野葱茏。伟志不移，逐日之夸父；痴心难改，移山之愚公。通五湖，接四海，联动一带一路；建新线，改旧网，织成八纵八横。大气开放，敞胸怀而尽纳；互通并连，豁眼界而共荣。人流物流信息流，流流致富；水路陆路高铁路，路路畅通。快运行，高质能，大载容，五洲财富赖此吞吐；暖服务，超舒适，特方便，万国之冠裳由其送迎。握国际一体之枢纽，掌经济腾振之输赢。

中国高铁，中国精神：声超洪钟，力摧寰宇。逢山开路，历百折而不挠；遇水架桥，经万险而不惧。暗河溶洞探钻头，峻岭崇山摇铁臂；高寒冻土落银锄，大漠平沙展飞翼。路基实，桥梁固，北盘江一虹飞天；隧道阔，轨道直，大胜关六跨垂立。拼搏奉献，锐意进取。天华山神龙发威，旋穿千尺；大独山群雄鏖战，横切万里。名扬世界，基建狂魔彰彰；光照昔今，高铁精神熠熠。创新不忘求实，兼容遂能并蓄。和谐号排山倒海，豪气冲天；复兴号掣电驰风，雄威震地。吞吐风云，润赤子之坚贞；蒸腾日月，妆禹甸之瑰丽。

赞曰：朝出大漠午长沙，万里迢迢若一家。才赏江城黄鹤影，又睹边塞喇叭花。翻山越岭赶星月，铺轨修桥沐雨霞。铁铸精神钢铸梦，一张名片荐中华。

第三辑 "红心向党礼赞百年"东昌府区诗词创作征稿新诗作品

◆ 臧利敏

相信一株植物

相信在一株植物里

能寻找到自己

茯苓　黄芪　甘草

从一粒小小的种子

到令人着迷的草药

一定有些什么

是我所不知道的

在黑暗的夜里挣扎

与风霜和无名的虫子对抗

一株无言的植物

独自迎来一个个落日与黄昏

所有的雨水　所有的黑夜

都化成根脉

藏在它的根、茎、枝、叶里

它成为一株中药铺里的植物

补脾　祛湿　安神

期待与一个同病相怜的人

瞬间相遇

拿着 CT 片子的那个人

秋天逐渐深了

刺槐的叶子开始飘落

拿着 CT 片子的那个人

逐渐衰老的那个人

正被疾病折磨

他的脸色灰暗　行动迟缓

不得不被儿女的手搀扶

拿着 CT 片子的那个人

在生命的路上遇到了拦路虎

与不知名的敌人左奔右突

他不知道胜败的结果

秋天的萧瑟加重了他的衰弱

他的身影令人同情

我们刚刚忽略

自己正在成为他的一部分

荒　园

很久了

它隐在古城的角落里

没有人走进

草木疯长

一湾池水

飘着柳树的叶子

细小的流水滴答作响

荒园

在闹市里做着隐士的梦

去年的石榴干枯在枝头

与今年的不期而遇

荒园的梦

偶尔在日光下苏醒

水滴的声音穿空而来

它有足够的耐心

迎接更加静寂的夜晚

◆ 弓 车

诗三首
我用月亮割麦子

我不用镰刀，铁的，或者钢的

割麦子，它们太冷，太硬，不懂得温柔

我不想让麦子感到疼，不让它们喊出声

不让它们流血，不让它们呻吟

我用月亮割麦子，用弯月

月初，我用正手挥舞着上弦月

月末，我用反手挥舞着下弦月

我让麦子唱着小夜曲，舒伯特的

吟诵着诗句，阿赫玛托娃的

这银色的刃，它不是割，它是吻

它吻过一棵一棵的妻子

就把它们吻倒了

像喝醉了酒的人，像为爱情陶醉的人

不知不觉，交出它们的身体和灵魂

躺在泥土之上，像我躺在母亲的怀里

月亮与镰刀不同，月亮不会生锈

我这个手持月亮的人

割呀，割呀，不停地割，越来越快

直到上弦月磨损成残月

直到下弦月磨损成眉月

直到月亮变得越来越薄，锋利无比

把我的手割破，脚割破，喉咙割破

月光呀，汩汩地从我的伤口流出

淹没麦子，这些大地之上的殉情者

让河水返回河道

一个甲子，我已疏浚了所有的河道

已将每条血管冲洗了无数遍，用泪水

用爱的滔天巨浪

看不见的经络我让其无限膨胀开来

每场热带高压气旋，每场飓风、台风
从里面穿过，带走了所有污泥浊水

而西伯利亚的十二级寒风，洞穿我的思维
阿赫玛托娃在我思想的罅隙里啸叫

千帆竞过后，毛细血管被锚、舵堵塞
现在我已消解，清除

每根神经我已撑大，大过银河
宽过从新生到死亡的间歇

我身体里的千疮百孔就这样疏通了
现在让河水重返河道

让我身体里的经络成为九曲黄河
让我的神经线成为汨罗江最大的一条支流

世界上最好的
——写在母亲垂危之际

世界上最好的风，不是春风
是妈妈的呼吸，现在越来越弱了

世界上最好的雨水，是妈妈的呼吸吹来的
掉落在她面颊上的泪

我想赶紧擦掉，却流入她的皱纹里

世界上最好的河，就是妈妈的皱纹了
这爱的运河，此刻还在用最后的力气
继续为我开掘着

每一条的母爱都宽过我的想象
每一条我穷尽一生都无法横渡

世界上最好的风景，是妈妈眼里的儿子我
我却别过脸去，不想让她看到我涕泗横流

世界上最好的树，就是妈妈的手指了
无力地伸向我，颤抖着想揩拭我满脸的泪水

◆ 张桂林

爱在尘世（组诗）

人到中年

春天，回到了一亩三分地
这里不是草，就是苗，要么是树
只要有根的，我都喜欢

拆去篱笆，让风自由的吹来吹去
拔掉稻草人，让鸟安心地落户安家
肥水可以流入外人田

听虫鸣、看蝶飞

种瓜得瓜，种豆得豆

把心放下，不再高悬

让梦想擦肩而过，不再眼高手低

生活赐予的苦与乐，全部接受

强加我的，一一退回

在这里：深埋地下的，是我所爱

看见的，都是亲人

秋天，你要慢下来

秋天越走越远

我身后的事物，像只猎犬

逡巡，低吠。这更令我不安

虫鸣唧唧，芦苇俯向水面

这即将走散的，转世轮回的

相约明年，悄悄地交换相见的密语

风一次次跌倒，又一次次被利器刮伤

怀抱着落叶和枯草，找不到安身的地方

再遭逢一场雪，它就会白发苍苍

秋天，你要慢下来

在最后的一场雨中，我把自己掏空

洗净。一条路走到黑

低处的阳光

低处的阳光，集结春风、流水

一夜之间攻陷了万物复苏的城池

牵牛花，狗尾草，草丛中的蚂蚁

前赴后继地轮回转世

它们都是我的邻居和亲人

这个季节，我像一粒微尘

穿行于街巷、湖边、草地

不虚蹈，不逃避。隐形的翅膀

丈量痛苦和幸福的距离

一滴阳光足可以点石成金

我驻足枝头，就长出绿叶

蜗居花蕊，梦会结出小小的果实

街角的野菊

野菊静悄悄地绽放

她衣着朴素，还是乡下时的模样

一场雨，洗去了城市的烟尘

不像我头发稀疏，血脂粘稠

貌似健壮，有时弱不禁风

一只蝴蝶绕着她飞来，又飞去

你暗藏着花香、鸟语、流水

我少了草木的味道和庄稼的气息

街角的野菊，看到的是高远

身子匍匐得很低。

她拥有一撮泥土

从篱下，已走遍天涯

渺　小

再渺小一些多好

一片落叶就能给我温暖

一片雪花就把我覆盖

一个蚁穴就是安乐窝

然后像蚯蚓一样冬眠

一滴水，就是幸福的海洋

一朵花，就是芬芳的世界

春风吹过，我走遍祖国万里山河

不羞愧，不说出前世的恩仇

长出两三枚绿叶

对牛羊说出爱！

今夜芦花

秋至深处，芦花回了一下头

一下子就走遍了河湾，滩涂和湖畔

今夜，风声更紧

她衣衫单薄，身子猛地一晃

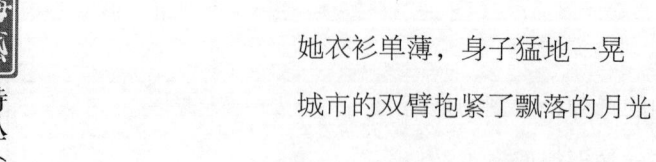

城市的双臂抱紧了飘落的月光

她质朴地过活，悄悄地生长

不善张扬，洁身自好

波浪、雷雨，收藏在小小的胸腔

没有荣华富贵，也不需衣锦还乡

今夜，预报降温

芦花用一生积攒的白和暖

把大地轻轻地覆盖

◆ 孙龙翔

如果爱情（组诗）

1

其实，你我之间只隔了一层岁月

隔了一层风雨

你一颦一笑的时候

岁月没了，风雨没了

我一嗔一怪的时候

爱在爱里，情在情里

日子就是这样，爱也是这样

2

只想你那时的时光

那时，一切都是对的

包括夜里的月和清晨的风

你我站在彼此里，不愿分离

像风在风里，月在月里

那时候多美，那时候的爱多美

那时年少，彼此记住彼此，不说辜负

3

总是在梦里说爱，说从前

星星还是那颗星星，梦已不是那个梦

从前也不是那个从前

夜黑着，梦没睡

我在陪同，爱不离左右

4

夜晚的时候，把自己放逐出去

不问风怎么吹，吹向何处

只关注星关注月，关注那些遥远的事，包括梦

不问人间烟火，不问你从何来

举一下左手，表示曾经爱过

举一下右手，表示深爱

人间就这么幸福和简单

5

一个人站在阳台的时候，星星站在天上

中间是遥远的空旷，被夜色占据着

像我空荡荡的心被你占据着

夜无边而庞大，像我的爱

夜用躯壳包裹黑暗

我用个躯壳包裹你

阳台和星星只是见证

6

春天的时候

把爱当一颗种子,种在心里

不让别人触碰,也不让风吹雨打

一个人精心的呵护,不厌其烦

像土地热爱土地,像阳光热爱阳光

一粒种子的收获,秋日如金

阳光温暖

风也可以歌,雨也可以歌

7

窗外是夜的旷野

如同我,心是你的旷野

黑在夜里飞,像你在我心里飞

一日千里,一日万里

黑永远飞不出夜,像你永远飞不出我

我足够辽阔

但心里只装一个你

像夜只装一个黑

8

总是有那么一点点,像岁月的疤越积越厚

风走了,雨走了,它不走

我用睡前的笔一次次描摹

还是那个从前的你

越描越清晰

而笔外的夜色有千钧之重

9

一支烟在左手上燃烧

把右手腾出来写下我爱你

这是我日常的习惯

常态不容易改变

左手的烟袅袅娜娜,像我右手握住的笔

把爱写的丝丝缕缕

10

阳台上花开花落了

你站在左边,我站在右边

你看左边的花开,我看右边的花落

阳台很好,阳光很好

我们不说话

风在外,什么也不想听

◆ 田学敏

阳光的衣裳

我,浑身上下挂满早晨的阳光

质地清爽。一阵风,吹走了

鸟儿,落叶,白云。阳光依旧在我身上

结结实实,像母亲做的花衣裳

温暖,舒适,不臃肿

只是阳光的衣裳没有扣子,没有衣领

圆圆的,似乎有一个看不见的模子,又轻又薄

风吹不走,不打折,不起球,无色又透明

杀菌又环保

以后天天下楼，穿阳光免费发放的衣服

竹子，每一结都含一颗虚心

竹子直，竹子高

竹子耐寒耐热，四季皆春

有人说你腹中空，可你贮存人间鲜活的声音

一旦把你抛开，做成笛，萧，胡，快板

整个世界都听你演绎

有人说你易结结，我说那是你拔高的台阶

看得见的平台，才有了你头顶

纯洁的思想

我赞美竹子。一节一节地问鼎蓝天

每前进一步，都含着一颗虚心

慈悲的自然

大自然安放着无数易于我

生命的飞蛾，古井，蜥蜴，背影，乡愁

或虚掩或赤裸或深埋

动静如月，亦如荷

薄如禅羽的阳光，厚如母爱的大地

我曾多次跪拜，敬礼，祈祷

一滴水，一弯月，一只燕子，一瓣落花

一池残荷，一只爬树的蝉，一排浪迹泥土的根

以慈悲的面容呈现，示意我

以微笑，以姣羞的内容，宽以待人的胸怀

我背负着一层不施重量

慈，善，禅。分享，嫁接雪月之途

扶着和谐共处的物语，悄无声息的自自然然的

自生自灭的草叶，花苞，相伴流水的

天籁之音，荣枯再生的纠结

物施予我，我跪拜我看不见的

助力与我的天地之间的诸位神仙，

不说什么，不念什么

秋天，那些纷纷倒下的农作物

秸秆倒下，时间倒下

有形的，无形的都跟着倒下

倒在我的含水视线里，我拘谨的诗里

我住在一个叫康营的村庄

与养我们的农作物道别

秋阳，镰刀从神圣到神圣

还有那运河，稀释着乡人，关于农作物

我什么都没记住

只有祈祷，在接下来的日子里

伴我一生

倒下是为了，为后面的让路

继续心中的那份美好

◆ 若　水

生与死像一天的日出与日落

秋日的阳光里

爷爷奶奶一人坐一把摇椅

笑谈生死

"买棺材的钱昨天已经给了你父亲

已经没了牵挂没了心事"

"人死入泥块

我就想埋在咱家的麦田里"

我装作若无其事

窗前的黄栌红了叶子

怕风吹进来

我起身关上窗子

九十岁的爷爷奶奶相视一笑

"不过是一粒沙迷了眼睛

还笑！"

时光，请不要拿走我所有的东西

无情或者仁慈

就到此为止

从前如流水远去

那时

我任你拿走我所有的东西

就像风卷走落叶

就像云在空中流散

各自东西

流光溢彩的青春给你

亮如春水的眸子给你

伤筋动骨的爱情给你

日渐衰微的生命给你

而今

这样喧嚣的尘世

我只要

只要你为我留下

心里一直住着的那个孩子

相 遇

在我出生之前

今天所有的一切

早已经先于我出现

天南地北

数不尽的绿水青山

森林茂密

大河蜿蜒

祖祖辈辈在此栖息

在此悲欢

若干年后

我把自己和种子一起埋进这块土地

那些曾经的亲人

最终在泥土里相遇

灵　感

每一首诗都是我的孩子

是我用心血养大的儿女

她们来自于我

却不属于我

她们归于那伟大的造物之神

她们漂浮、漫游于这世间的时时、处处

我不过是

在虚空里

偶然遇到了它们

对这世界，我所求甚少

请拿走我身边的无用之物

首先是金银钻石的饰品

闪光的我只要阳光月光

还有燃烧的灵魂

如果可以

把夏日里飞来飞去的萤火虫留下

把草叶上的露珠
把露珠里十万颗心留下

再把那些我喜欢的衣裙拿走
那些丝绸的，棉布的，苎麻缝制的衣裙
我走在洒满阳光的大街上
我走在波光粼粼的湖边、河边的时候
你早已记住我的美

还有那些樟木的，金丝楠木的，胡桃木的桌椅
那张雕花的大床
我曾经夜夜梦过你、想过你的地方
请一起拿走

还有那面铜镜子
绿意斑驳
照过你我青春肆溢的脸庞
它收藏了多少不能说出的秘密
妆台上那些用来涂涂抹抹的瓶瓶罐罐
你为我描眉用过的眉笔
你笨手笨脚为我编过的歪歪扭扭的小辫子

我已经不需要这些
除了你留给我的爱与记忆
除了一颗诗心
甚至不需要一张纸

一支笔

一颗钻戒不换一首好诗

◆ 李吉林

荷花王朝

若不是亲眼所见

单凭想象，荷花王朝的残局不会这样

一支支箭柄，斜插进浅浅的池塘

倒影让景象加倍的凄凉

如刚刚挖掘的远古战场

没有了扬尘，没有了战马嘶吼

没有勇士唱大风的形象

偌大的池塘装满荒废，装满悲怆

没有了驻足的游人

偶尔有飞鸟掠过，鸟声告诉我

导航仪失灵，纯属误撞

寒风常来，像一群逼债的地痞

让荷塘雪上加霜

连续的阴雨，月光闭门谢客

再无心光顾

岸边的老柳树唉声叹气，千手观音也无力回春

啄木鸟医术高明，动用铁嘴钢牙

给一个没落的王朝疗伤

曾经领潮一个时代

春风夏风围着裙裾一天天旋转

蜻蜓立在肩膀的留影惊动文学的国度

青蛙跪拜在脚下，向礼佛一样崇拜

水鸭水鸡四处游说

天天晾晒幸福指数

朝夕盛景，流行的时装，时尚的雨伞

淡淡的清香，以及出污泥而不染的标榜

八国来朝，十六方的歌诵

福泽之地，喜鹊天天报告吉祥

王朝，不是国王经营不善

莫怨没有修筑城墙

莫道缺乏青莲居士

太阳已经向南迁都

秋风早已成为寒潮的俘虏

一群从不懂摆渡的弱女子

风姿绰约不同于英姿飒爽

撑着绿伞行走于舞台中央，不同于奔赴战场

当雁鸣传来北风的呼吸，一个个所谓的模特秀奄奄一息

复兴这样一个王朝，需要翻天覆地的巨大变革

需要每一柄绿荷长出青松的骨骼

需要一个自我觉醒的灵魂

我相信春风春雨春雪春水的共同疗效

梦，不是红楼梦

荷花亭，应是荷花再一次盛开的见证

我与北风一起穿越古城

古城，已经不古

若不是古楼尚存，可以称为新城

古楼已没有说话的对象

与新的建筑语言不通

新砖新瓦新理念

原来的小巷彻底改头换面

原来的主人已经背井离乡

白昼，阳光无所事事

陪三三两两的游人闲逛

门店的大门半虚半掩

等待登门的客人，等得心慌

夜幕降临，无神的路灯从不关注远方

月亮胆小，从不敢独自守夜

寒星紧闭着眼帘，正如家家户户或明或暗的灯火

打个招呼，像隔着万水千山

从古城穿过，就像穿越西域大漠

北风该是常客，北风亦缺乏孤胆

只好靠我引路，结伴而行

有时候我牵着北风的手，有时候

北风推着我快跑

总感觉獠牙切齿的鬼影朝我傻笑

◆ 郭相源

岁月（组诗）

过皋东街走花园路

过皋东街走花园路

太阳指引着方向

一路的杂树相牵

和街边的广告牌偶遇和相识的行人偶遇

也和时好时坏的心情偶遇

也和昙花一现的佳人偶遇

说不定哪天还能碰到她的不期

碰到她的美丽和她的忧伤

碰到缘木的蝼蚁和落地的黄花

碰到许许多多的匆忙

熙熙攘攘一直到夜深人静

花园路皋东街的夜深人静

这时竟是我一个人的

至皋东街二号

路灯坦然地亮着

花园南路

我喜欢现在的生活方式

抱一堆干柴

坐堂行书

节俭的日子只剩下单调

一个鼻音就是一个

春风沉醉的晚上

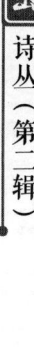

一个发呆就是一个

故事生出的结尾

朴素里看不出花枝招展

白云从未到我的头顶

却在我的屋外

我生出的炉火

煮着满屋子的寒意

清贫都出去玩耍了

而我怀抱联想

荧屏上飞起了雪花

我没在三亚

却在花园南路

堆起了雪人

回首往事

回首往事

那时一无所有

活着

是唯一的去处

负重的春天

路也漫漫

其道也修远

人生

如一座大山

咱也是

说翻就翻

耕地、播种

施肥，除病虫害

一样也不可少

不光是力气活儿

还必须是精神上的

科学的管理

是我改变人生

最行之有效的办法

庄稼茁壮

灶有余温

仓有余粮

除了汗水

和泪水

和水一样的时间

我总是满怀希望

把食物中所饱含的水分

蒸出烈度

在生活的这杯酒中

泡大粮食

在一片前程似锦里

然后很像回事的

种瓜得瓜

种豆得豆

岁月

太阳照过来

阴雨的日子也跟着赶过来

在多变的天气里

何止是喜怒哀乐

却又和谐在自然之中

阳光和雨露都是我想要的

月光带着成群的星星而至

长夜里

常常聆听银河的涛声

那或许是繁星和夜莺的对话

心情好的时候是一种声音

心情不好的时候却成了另一种声音

但是我喜欢侧耳倾听

自然界有许许多多美好的东西

英雄和失败都是主角

露珠和尘埃常常会揉进我的鞋子

打湿我的衣裳

落叶会迫近一个又一个黄昏

更多的时候

我却成长在阳光的对面

朴素的结籽

朴素的面带微笑

即使是星光暗淡之夜

我也将暗淡在星光里

◆ 牟梓萱（女8岁）

妈妈的爱（外一首）

你问我

妈妈的爱是什么

妈妈的爱　是深深的大海

无边无际

我是一尾小鱼

在妈妈的怀抱里游来游去

你问我

妈妈的爱是什么

妈妈的爱　是暖暖的太阳

永驻心间

我是一株向日葵

沐浴在妈妈的目光里

你问我

妈妈的爱是什么

妈妈的爱　是闪闪的星星

一直微笑

我是那只萤火虫

妈妈照亮黑夜的路

我照亮自己

云朵床

看着天上的云朵

我真想有一座云朵工厂

生产云朵床

姥姥躺在上面休息

腰就不疼了

谁的床太硬了

我就送给他一个